Die Simo Geschwister
Susanna Zachar-Simo
und Sandor Simo

Im Bann Transsilvaniens

Das grosse Abenteuer

Erster Teil der Trilogie des Gesamtwerks
Der Weg der Ahnen

tredition

PROMOOCEAN

Druck und Distribution im Auftrag der Autorin:
tredition GmbH, Halenreie 40-44, 22359 Hamburg,
Deutschland

ISBN
Softcover978-3-384-14589-5copy
Hardcover978-3-384-14590-1copy
E-Book978-3-384-14591-8

PROMOOCEAN

In Erinnerung an meinen Bruder

Die Idee zu diesem Buch hatte ich so gegen 2006. Die räumliche Entfernung zwischen mir und meinem Bruder, Sandor Simo, war gross und wir sahen uns nur selten. So fragte ich ihn, ob er Lust hätte dieses Buch mit mir gemeinsam zu schreiben. Wir schickten uns unsere Texte alle paar Wochen zu und so entwickelte sich das erste Kapitel langsam. 2009 starb mein Bruder unerwartet und das Buchprojekt blieb eine Weile liegen. Irgendwann nahm ich mir aber vor, das Buch zu beenden. Ich schrieb schubweise weiter. Manchmal hatte ich das Gefühl, dass die Ideen zum Teil mehr nach meinem Bruder klingen als nach mir. Aus diesem Grund erachte ich das ganze Buch als ein gemeinsames Werk.

Nach einer ersten Veröffentlichung als Gesamtwerk, erachte ich es passender das Werk als Trilogie von drei Folgen zu veröffentlichen, welche aber auch unabhängig voneinander einen Sinn ergeben.

Danke

Danke an Tina Kasper und Patrizia Tschurr für das Lektorieren.

Susanna Zachar-Simo

Es war eine milde Sommernacht im Jahre 2001mit klarem Sternenhimmel. Aus der Gartenwirtschaft erklang ein fröhliches Gelächter. Die Stimmen der vielen Gäste vereinten sich zu einem gleichmässigen Rauschen. Die vier Freunde sassen an einem runden Tisch und leerten ein Glas nach dem anderen.

«Die nächste Runde zahlst du, Phil», sagte Attila, den seine Freunde nur Till nannten. Seine Freundin Sofie wollte unbedingt nach Hause.

«Oh nein, ihr habt doch echt genug getrunken, ihr seht schon ganz komisch aus. Ich will nach Hause!», jammerte sie.

«Du hast Recht, du hast genug gehabt, deshalb bekommst du nur einen Saft. Wir vertragen noch etwas mehr, nicht wahr Jungs?», entschied Phil und machte sich auf den Weg zur Bar. Sofie musste ihren Kopf mit beiden Händen stützen.

«Gehen wir bitte nach Hause», flehte sie ihren Freund Till an.

«Das tun wir bestimmt nicht. Es ist Partyzeit, wir haben Ferien. Na komm, reiss dich zusammen.»

Er hatte Sofie aber umsonst versucht aufzumuntern, sie schlief schon tief und fest über den Tisch gebeugt. Phil kehrte zwischenzeitlich mit drei Gläser Bier und einem Orangensaft von der Bartheke zurück. Er machte nur kleine, vorsichtige Schritte aus Angst alles zu verschütten. Till und Nina sprangen schnell auf und nahmen ihm die Gläser ab. Die drei stellten sich um den Tisch und erhoben ihre Biergläser, während Phil wie immer einen lustigen Trinkspruch vortrug. Mit viel Schwung stiessen sie auf die Sommerferien an, dabei schäumte das Bier in den Gläsern über und tropfte direkt auf Sofies Kopf. Daraufhin erwachte sie. Etwas erzürnt und knurrend sprang sie auf und verlor dabei das Gleichgewicht. Wenn Till sie nicht am Arm festgehalten hätte, wäre sie mit Sicherheit hingefallen. Nina konnte es sich nicht verkneifen und brach in einem schallenden Gelächter aus. Auch die Jungs fanden die Szene ziemlich lustig, doch Sofie setzte sich mit einer bitter-ernsten Miene wieder.

«Ich werde die Sommerferien nicht so verbringen. Jeden Tag hier in dieser Kneipe sitzend und uns besaufend», sagte sie. «Tut mir leid, Jungs, aber ich finde das zum Kotzen.»

Den anderen verging das Lachen, sie sahen Sofie etwas fassungslos an.

«Wie wäre es, wenn wir zusammen verreisen würden?», brachte Nina den Vorschlag hervor. Sie freute sich über ihre eigene Idee dermassen, dass sie Luftsprünge machte und schrie: «Oh das wird toll!»

Den Anderen gefiel die Idee ebenfalls ausserordentlich gut. Nina und Till schwärmten vom Meer, während Sofie auf Abenteuer aus war. Phil machte sich etwas Sorgen um die Kosten, da er gerade etwas knapp bei Kasse war.

Am nächsten Tag wollten sich die vier im Reisebüro nach interessanten Möglichkeiten erkundigen. Leider erwiesen sich alle Angebote als zu teuer. So entschlossen sie sich zu zelten. Das Reiseziel hatten sie aber noch nicht festgelegt.

Es war schon spät am Abend, als Till aus der Gartenwirtschaft nach Hause kam. Sofie war diesmal nicht mitgegangen, denn sie hatte sich gerade den Roman *Dracula* von Bram Stoker gekauft und wollte darin lesen. Sie war in das Buch so vertieft, dass sie nicht bemerkte, dass ihr Freund ins Zimmer trat. Till sprang mit voller Wucht ins Bett zu Sofie. Sie knurrte nur kurz und las weiter. Er begann sie zu pieken und zu kitzeln, doch sie wollte oder konnte das Buch nicht zur Seite legen. Ein Kissen flog aus Tills Hand an Sofies Kopf, worauf sie dann das Buch doch weglegte und ihm ein anderes Kissen zurückwarf. Eine wilde Kissenschlacht begann. Beide rangen nach Luft vor Lachen, während Sofie ab und zu laut kreischte. Till war viel stärker als Sofie, so gewann er die Oberhand und hielt sie so fest, dass sie sich kaum noch bewegen konnte. Sie ergab sich ihm und er küsste sie zärtlich.

Später, als das junge Paar sich im Badezimmer für die Nacht vorbereitete, brach aus Sofie die Begeisterung für das Buch aus. Ununterbrochen erzählte sie von den gelesenen Ereignissen.

«Ah, wie aufregend wäre ein solches Leben?! Was würde ich dafür geben, um an einem solchen Abenteuer wie in dem Roman teilzuhaben», schwärmte sie.

«Was, du willst ein Vampir sein? Du kleines, blutrünstiges Ungeheuer!», lachte Till über seine Freundin.

«Nein, das meinte ich nicht. Die Reise von diesen Charakteren ist voller Abenteuer. Ich glaube, Transsilvanien ist heute noch immer so geheimnisvoll und mystisch. Ich kann gar nicht verstehen, weshalb du nie dorthin fahren wolltest.»

Till mochte dieses Thema nicht, denn sein Vater stammte aus Transsilvanien oder wie es auf Deutsch heisst, Siebenbürgen. Er kam als Jugendlicher nach Deutschland. Till war zwölf Jahre alt, als seine Grosseltern starben und sein Vater träumte seitdem davon, wieder einmal dorthin zu fahren, um seiner Familie sein Geburtsland zu zeigen. Irgendetwas kam aber immer dazwischen. Till empfand die Schwärmerei seines Vaters mittlerweile als peinlich. Wahrscheinlich war das auch der Grund dafür, dass er einer Reise nach Siebenbürgen abgeneigt war.

«Du, was wäre, wenn wir die Ferien dort verbringen würden?», fragte Sofie. «Ich habe gehört, dass man dort wild campieren kann. Stell dir vor, wie aufregend es dort sein muss. Die wilde Natur und all die Abenteuer, die dort auf uns warten.»

Sofie war fest entschlossen nach Siebenbürgen zu fahren. Till konnte nur noch hoffen, dass Nina und Phil bessere Ideen hatten.

Am nächsten Tag lud Tills Mutter die vier Freunde zum Mittagessen ein. Sofie half ihr den Tisch zu decken. Till öffnete den anderen beiden die Tür. Phil brachte immer eine fröhliche Atmosphäre ins Haus, er war die absolute Stimmungskanone. Tills Eltern mochten Phil sehr, Tills Vater, Peter, zeigte ihm immer seine Zigarrensammlung und bot ihm ab und zu eine Zigarre an. Phil zählte beinahe zur Familie, da die zwei Jungs schon seit über zehn Jahren beste Freunde waren. Nina war seit zwei Jahren Mitglied der Clique, seit sie mit ihren Eltern von Berlin aufs Land zog. Anfangs fanden sie alle etwas zickig und eingebildet, doch ihr Grossstadtwesen brachte Schwung in diese kleine Schlafstadt. Sofie war seit etwas mehr als einem Jahr Tills Freundin und wohnte seitdem auch mehr oder weniger bei seiner Familie. Sie war die älteste Tochter einer Grossfamilie, so nahm sie gern die erstbeste Gelegenheit zur Flucht wahr. Sie genoss die Ruhe in Tills Elternhaus. Bei den Hausarbeiten war sie gern behilflich und Tills Mutter wusste ihre Hilfe zu schätzen.

«Die Suppe ist fertig, setzt euch!», sagte eine Stimme aus der Küche, worauf alle ihre Plätze am Tisch einnahmen.

Die Kochkünste von Tills Mutter begeisterten stets alle. Höflich bezeichnete Nina das Essen als köstlich, Phil hingegen fragte frech nach, ob er noch mehr haben könnte. Natürlich nahm ihm diese dreiste Art niemand übel. Für Tills Mutter war Phils Hunger das grösste Kompliment. Die Stimmung war bei solchen Mittagessen in Tills Elternhaus in der Regel sehr entspannt und familiär. Oft wurden interessante Themen diskutiert. Peter und Sofie trugen oft heftige politische Diskussionen aus. Tills Vater machte sich gerade Gedanken darüber, wie er Sofie wieder zu einer Debatte herausfordern könnte, doch diesmal verfolgte sie ein anderes Ziel.

«Sag mal, Peter, ist es in Transsilvanien wirklich so abenteuerlich wie im Dracula Roman? », fragte Sofie neugierig.

Tills Vater Peter hatte die Geschichte von Dracula zwar nie gelesen, aber er wusste, dass sie von Vampiren handelt und dass der Moldawische Prinz, Vlad Tepes, als Dracula bezeichnet wurde. Er fand den Vergleich etwas absurd. Für ihn gehörte Siebenbürgen nach wie vor zu Ungarn. Vor allem bedeuteten ihm die Natur und die Karpaten sehr viel. Da er auf eine Diskussion vorbereitet war, begann er die politischen Hintergründe und die Banalisierung der Kulturwerte durch den Roman zu kritisieren.

«Also, so war das ganz und gar nicht.»

Till konnte es sich nicht verkneifen und ging dazwischen:

«Na siehst du, Sofie, so spannend ist es dort nicht. Eine Reise dorthin würde nur die Sommerferien ruinieren.»

Till biss sich auf die Zunge, doch es war schon zu spät, denn er sah den Glanz in den Augen seines Vaters aufleuchten.

«Ah, aber sicherlich ist es in Wirklichkeit noch abenteuerlicher, als was sich dieser Autor ausdachte. Auch wenn der angebliche Dracula kein Siebenbürger war, so glauben noch einige an Vampire. Dir, Sofie, würde die wilde Natur sehr gefallen. Die Dörfer sind zum Teil noch wie vor hundert Jahren.»

Peter versuchte die Situation zu retten, nachdem ihm klar geworden war, dass sein Sohn auf diese Weise vielleicht doch Mal in seine Urheimat fahren könnte.

«Erzähl mal, was gibt es dort Sehenswertes?», fragte Sofie.

Tills Vater geriet ins Schwärmen und begann zu erzählen. Phil, Nina und Sofie hörten aufmerksam zu, während Till die Augen verdrehte und gelangweilt mit den Füssen wippte

. «Papa, hör doch auf! Merkst du nicht, wie du alle langweilst? Ich habe alles schon tausendmal gehört!»

Peter stand wütend auf, knallte seine Serviette auf den Tisch und sagte zu Till:

«Attila, du bist eine Schande für unsere Familie. Dafür, dass du kein bisschen Interesse für dein Herkunftsland zeigst, solltest du dich schämen. Deine Freunde interessieren sich mehr für Siebenbürgen als du!»

Aufgebracht und mit Tränen in den Augen verliess Peter das Zimmer. Till versuchte zu grinsen und zu lächeln:

«Der Alte spinnt manchmal.»

Seine Freunde sahen ihn vorwurfsvoll an. Till wurde es unangenehm in dieser Runde, deshalb flüchtete er in die Küche, wo seine Mutter mit dem Abwasch beschäftigt war. Auf Unterstützung hoffend erzählte er ihr murmelnd, was vorgefallen war, sie hielt sich jedoch stillschweigend aus der Angelegenheit raus. Wenige Minuten waren vergangen, als Nina in die Küche trat. Sie bat Till ins Wohnzimmer, um ihm etwas mitzuteilen.

«Verschwörung!», dachte sich Till.

Er fühlte, dass die ganze Welt gegen ihn war, und wusste, dass er sich wahrscheinlich ergeben musste.

«Wir haben beschlossen, dass wir die Ferien in Siebenbürgen verbringen werden. Uns reizen die Natur und die Kultur. Wir denken, es wird spannend und allzu teuer ist es dort nicht. Entweder kommst du mit, oder wir gehen zu dritt ohne dich.» Sofie stellte ihren Freund vor vollendete Tatsachen.

«Na, was gedenkst du zu tun, Attila?», versuchte Phil seinen besten Freund zu provozieren.

Till hatte die Schlacht verloren. Das schlechte Gewissen gegenüber seinem Vater hatte ihn bereits geplagt. Auf einmal fand er die Idee gar nicht mehr so schrecklich, schliesslich war das ja kein Familienausflug. Um den Anschein zu wahren, zeigte er sich noch etwas missmutig.

«Wenn ihr das wollt, von mir aus. Aber, wenn es euch dort langweilig wird, dann denkt daran, dass es nicht meine Idee war.»

«Langweilen werdet ihr euch mit Sicherheit nicht!», versprach Peter, der das Gespräch eben mitbekommen hatte. Er lächelte seinem Sohn zu. Tills Gewissen fühlte sich somit um eine ganze Tonne leichter an.

Die vier Freunde holten sich am gleichen Abend noch die Zug Billette nach Rumänien. Tills Vater hatte auf einer Karte alle Sehenswürdigkeiten eingezeichnet. Sofie suchte im Internet alle Informationen über Dracula zusammen.

Kurz vor der Reise änderte sich Tills Verhalten. Es schien, als wären seine Gedanken immerzu wo anders. Sofie deutete sein Verhalten als Desinteresse. Vielleicht war er aber auch einfach beleidigt. Sie fragte sich, ob sie ihn wohl mit ihrem Entschluss zu dieser Reise überrumpelt hatte.

«Er fühlt sich von mir übergangen», dachte sich Sofie.

Nina, die überzeugt war, dass alle Männer Machos sind, war sich sicher, dass Tills männlicher Stolz verletzt war. Deshalb baten ihn die beiden Frauen darum, die genaue Route zu planen.

«Er muss sich wichtig vorkommen. Das wird ihn motivieren», sagte Nina überklug.

Die Wahrheit hatte jedoch nichts mit Ninas Vermutung zu tun. Tills Selbstvertrauen hatte nichts abbekommen. Der Grund für sein Verhalten war die Erinnerung an einen alten Traum, welche ihn nicht mehr losliess.

Vor vier Jahren, wollte Tills Familie die Sommerferien in Siebenbürgen verbringen. Sie hatten schon gepackt und die Flugtickets gekauft. In der Nacht vor der Abreise, hatte Till den besagten Traum. Darin hatte sich Till in einer Stadt verirrt. Er fand seine Familie nicht mehr. Er hatte Angst und fror. An einem übelriechenden Ort sah er dann seine Mutter tot am Boden liegen. Till fürchtete deshalb die bevorstehende Reise und flehte seine Eltern an, nicht hinzufahren. Wie es sich dann herausstellte, hatte Till die Grippe erwischt und der Traum war ein Erzeugnis des hohen Fiebers, welches ihn plagte. Tills Eltern mussten die Reise absagen. Till hatte diesen Traum nie vergessen und auch die Abneigung gegen die Reise nach Rumänien war geblieben.

Till hatte sich Phil anvertraut, doch er nahm die Sache gelassen.

«Es war nur ein Traum, du hattest Fieber, Mensch!», zuckte er mit den Schultern. «Wovor hast du Angst? Deine Mutter kommt nicht mit und du bist kein Kind mehr!»

Till musste Phil Recht geben. Er hohlte tief Luft und versuchte, die Sache entspannter zu betrachten. Er setzte sich mit Phil an die

Routenplanung und tatsächlich begann er, sich auf die Ferien zu freuen.

Voll bepackt und reisefreudig standen die vier Freunde am Bahnhof als der Zug eintraf. Aufgeregt suchten sie das richtige Zugsabteil. Mit grossen Schritten liefen sie von Wagon zu Wagon. Nina blieb etwas zurück, da sie mit dem Gewicht ihres Rucksackes zu kämpfen hatte.

«Ich habe dir doch gesagt, dass du nicht zu viel Schnickschnack mitnehmen sollst», sagte Phil besserwisserisch, worauf hin alle lachten, denn sie kannten ja Nina.

«Aber Phil, Nina kann es doch nicht riskieren ungestylt vor einen hübschen Vampir zu treten. Da muss mindestens ein Ballkleid her.» Till nahm sie hoch.

«Spottet nur aber, wenn euch etwas fehlt, dann kommt nicht zu mir», rechtfertigte sich Nina. «Und sowieso habe ich keine Ballkleider oder sonst welchen Schnickschnack mitgenommmen, nur Futter für die Reise.

«Futter? Ich dachte du willst abnehmen?», grinste Phil fies und fragte hinterher scheinheilig nach, ob sie auch genug Bier eingepackt habe.

«Was noch?» Nina wurde langsam etwas griesgrämig. Sofie nahm ihre Freundin endlich in Schutz:

«Also Jungs das reicht. Wenn ihr während der Reise saufen wollt, dann könnt ihr selbst daran denken und vor allem selbst schleppen.»

Um die Lage wieder zu entschärfen, machte Till die Seitentasche seines Rucksacks auf, der voll mit Bier war. Da mussten wieder alle lachen.

Bis nach Budapest reisten sie im Liegewagen. Der Zug war nicht voll besetzt, so hatten die vier das ganze Abteil für sich. In Budapest blieb ihnen nur eine Stunde Zeit zum Umsteigen, deshalb wollten sie sich nicht gross vom Bahnhof entfernen. Sofie war etwas genervt, denn sie hatte schlecht geschlafen. Sie jammerte ununterbrochen, dass sie hungrig sei. Sofie war nie unerträglicher gewesen als im müden und hungrigen Zustand. Ihre Freunde kannten sie gut und wussten, dass es in solchen Momenten besser war sie nicht zu ärgern. In der Nähe des Bahnhofes fanden die vier

Reisenden ein gemütliches Café, dort nahmen sie ihr Frühstück ein. Kaum hatten sie ihre Teller leer, war es schon wieder an der Zeit zum Bahnhof zurückzukehren. Die ganze Eile war, wie es sich herausstellte, umsonst, denn der Zug hatte Verspätung. Erst war die Rede von fünf Minuten, dann von einer Viertelstunde und zum Schluss sogar von einer halben Stunde. Till und seine Freunde setzten sich auf eine Bank neben dem Bahnsteig. Um die Zeit zu vertreiben, fingen sie an, die anderen wartenden Passagiere zu beobachten. Es gab einige kuriose Gestalten zu sehen. Zum Beispiel sass neben ihnen eine alte Frau. Die zahnlose Schönheit hatte bestimmt schon beinahe hundert Jahre erlebt. Sie trug ein mit roten Rosen verziertes Kopftuch, wahrscheinlich um nicht kalte Ohren zu bekommen. Anstelle einer Reisetasche hatte sie zwei karierte Stofftaschen, die sie ständig mit ihren Händen festhielt. Offensichtlich hatte sie Angst beklaut zu werden. Auch den vier deutschen Touristen gegenüber zeigte sie eine gewisse Skepsis.

Sofies Blick wandte sich von der Frau ab, sie stupste die anderen an, um ihre Aufmerksamkeit auf ein Pärchen zu lenken, welches gerade an ihnen vorbeispazierte.

Die beiden unterhielten oder stritten sich auf
Rumänisch. Der Mann trug einen viel zu grossen Anzug, dennoch führte er sich auf, als sei er
der grosse Gatsby persönlich. Die Frau war mit
Schmuck behängt wie ein Weihnachtsbaum.
Sie trug Leggings mit Tigermuster und dazu
eine knallblaue Bluse. Ihre Augen waren bis zu
den Augenbrauen im gleichen Knallblau be-
malt. Sie sah ziemlich schräg aus. Sofie und
Nina krümmten sich vor Lachen, als die Frau
an ihnen mit zwanzig-Zentimeter-Absätzen
vorbeiwackelte. Till bemerkte wenige Meter
entfernt eine Gruppe. Er hatte zuvor noch nie
Zigeuner gesehen, trotzdem war er sich sicher,
dass es sich um solche handelte. Sein Vater
hatte ihm ab und zu Geschichten über Zigeuner
erzählt. Auch Tills Freunde widmeten ihre Aufmerksamkeit der Sippe. Ein kahlköpfiger Mann
mit bräunlicher Haut war dem Anschein nach
dem Anführer oder das Familienoberhaupt. Er
diskutierte heftig mit zwei jüngeren Männern.
Diese nickten ihm erst eifrig zu, dann wurden
sie etwas lauter und gestikulierten wild. Dann
kam eine junge Frau dazu. Sie hatte langes
schwarzes Haar und ein sehr schönes Gesicht.
Ihre schwarzen Augen spiegelten eine endlose
Tiefe. Sie war schlank mit vollzogenen Run-
dungen. Sie trug einen geblümten Rock und

hatte einiges an Goldschmuck umgehängt. Offensichtlich hatten die jungen Männer und die Frau eine Auseinandersetzung mit dem Oberhaupt. Dieser hatte irgendwann wohl genug von der Diskussion, denn er winkte die anderen ab und wandte sich einem Mann mittleren Alters mit noch dunklerer Haut zu. Dieser Mann trug einen Hut. Die beiden tuschelten etwas miteinander. Der dunkle Mann mit Hut ging danach zu einem anderen Mann, der ebenfalls einen Hut aufhatte und neben einer älteren Frau sass. Auch diese beiden schienen etwas Wichtiges zu besprechen. Ein Handschlag folgte, eine Abmachung wurde getroffen. Zu der Sippe gehörte auch eine jüngere Frau die auf ihrem Koffer sass. Ihr langes schwarzes Haar war mit einer glänzenden Haarklammer hochgesteckt. In ihren Armen hielt sie ein Baby. Als sie aufstand, konnte man erkennen, dass sie wieder schwanger war. Zwei Mädchen und ein Junge schlenderten die ganze Zeit um sie herum.

«Die war aber fleissig», bemerkte Phil.

«Was meinst du, wer ist ihr Mann?», fragte Sofie neugierig zurück.

Die Antwort auf die Frage bekam sie bald, denn es kamen drei weitere Männer zu der Gruppe dazu. Einer von ihnen ging geradewegs auf die Frau zu und nahm ihr das Baby ab.

Endlich fuhr der Zug ein, die meisten Passagiere stürmten zum Gleis vor. Die Sippe der Zigeuner besetzte eine ganze Wagontüre. Till und seine Freunde nahmen es gelassen. Im Wissen, dass der Zug noch wartet, stiegen sie zum Schluss in aller Ruhe ein. Die Folge ihrer Gelassenheit war jedoch, dass sie keine Sitzplätze mehr fanden. Die Reservation war für diesen Zug nicht obligatorisch und die vier wollten sich das Geld sparen. Jetzt bereuten sie es. Genau noch zwei Plätze konnten sie in einem Abteil ergattern, dort nahmen Sofie und Nina Platz. Sie wollten sich dann mit den Jungs abwechseln. Till und Phil standen im Gang und unterhielten sich. Die beiden Zigeunermädchen spielten ebenfalls im Gang. Da hörten sie, wie die Jungs auf Deutsch sprachen. Das ältere Mädchen war ungefähr zehn Jahre alt. Sie holte tief Luft, ihre schwarzen Augen waren weit aufgerissen und sahen Till an. Sie musste wahrscheinlich ihren ganzen Mut zusammennehmen, doch dann fragte sie auf Deutsch.

«Wie heisst du?» Till musste lächeln. Er antwortete automatisch auf Ungarisch.

«Ich bin Attila, ich kann Ungarisch nur meine Freunde nicht. Wer bist denn du?»

Das Mädchen hiess Anastasia. Sie stellte Till viele Fragen über Deutschland. Sie erzählte ihm, dass sie in der Schule Deutsch lernt und dass sie in ihrer Klasse in Deutsch die Zweitbeste sei. Der kahlköpfige Sippenchef bekam das Gespräch mit und ging auf die Jungs zu.

«Wenn ihr keine Sitzgelegenheit gefunden habt, dann könnt ihr euch auf die Plätze der Kinder setzen, solange sie spielen.»

Phil und Till nahmen das Angebot gerne an. Die Zigeuner stellten sich ihnen vor. Der Kahlköpfige hiess Josef und der mit dem Hut hiess Gusti. Nur die schwangere Frau reiste mit Ihnen, aber ohne das Baby. Sie wurde Vera genannt. Die zwei braunhäutigen Männer begannen Till auszufragen. Woher er komme und wohin er mit seinen Freunden gehe. Till erzählte ihnen, dass sie Campen wollen und dass er noch nie in Siebenbürgen war, obwohl sein Vater dort geboren wurde. Ein wenig ängstlich, doch ohne weiter darüber nachzudenken fragte Till:

«Sagt mal, ihr seid doch Zigeuner, oder?»

Die beiden Männer blickten einander schmunzelnd an. Gusti verzog den Mund, Josef kniff die Zähne zusammen. Ein tiefes Schweigen legte sich für eine kurze Zeit über die Zugskabine. Till wurde die Situation unangenehm.

«E…entschuldigt, wenn ich etwas Unpassendes gesagt habe. Ich, ich dachte n-nur…», stammelte er.

«Keine Bange! Ja, wir sind Zigeuner, aber anständige, ehrbare Zigeuner!», sagte Gusti in hohen Tönen. «Weisst Du, es gibt verschiedene Zigeuner. Ich weiss nicht, was du über uns gehört hast, aber wir sind auf jeden Fall anständige Zigeuner. Wir stehlen nicht!», betonte er.

«Wir sind Händler», fügte Josef hinzu.

Er warf Gusti ein verschmitztes Lächeln zu, woraufhin dieser eine Plastikflasche mit Hauswein aus dem Gepäck nahm. Er streckte die Flasche Phil zu und sagte auf Deutsch

«Trinken!»

Phil führte die Flasche zum Mund, danach reichte er sie an Till weiter. Till zögerte ein wenig, dann trank er einige Schlucke davon. Josef

und Gusti tranken ebenso vom Wein. So ging
die Flasche mehrere Male umher. Die Zweili-
terflasche neigte sich dem Ende zu, als Till seinem Freund zuflüsterte:

«Ich glaube, mir wird bald schlecht von
dem Wein, dir nicht?»

Phil sah Till erstaunt an, dann meinte er gelassen

«Nein, ich habe keinen Tropfen getrunken.
Ich tat nur so als ob!»

Till wurde vor Wut ganz rot im Gesicht.

Sofie und Nina sassen zwei Zugsabteile weiter und erzählten sich spannende Horrorge-
schichten. Sie scherzten darüber, wie es wohl
wäre, wenn sie tatsächlich Vampiren oder Wer-
wölfen begegnen würden. Ein alter Mann sass
Sofie gegenüber. Sein vollkommen weisses
Haar war nach hinten gekämmt. Über seinen
Lippen, die immerzu ein wenig lächelten, trug
er einen gezwirbelten Schnurrbart. Seine tiefsit-
zenden Augen strahlten die beiden jungen
Frauen an. Nina wandte etwas arrogant ihren
Kopf ab, während sie die Augenbrauen

hochzog. Sofie hingegen fand den alten Mann
niedlich und lächelte ihm freundlich zu.

«Deutsch? », fragte der alte Mann

«Ja!», antwortete Sofie.

«Bisschen kann ich sprechen Deutsch»,
sagte der Mann mit einem markanten Akzent.
«Ich bin Ludwig», stellte er sich vor.

Auch die Mädchen nannten ihren Namen.
Nina hatte ihre unfreundliche Art von vorhin
wieder abgelegt.

«Im Krieg hatte ich einen deutschen Freund.
Wir waren zusammen im russischen Konzent-
rationslager gefangen», erzählte er mit glänzenden Augen. Dann fügte er besonnen hinzu.
«Weiss nicht, ob er noch lebt.»

Sofie war an seiner Geschichte sehr interessiert so stellte sie ihm einige Fragen, woraufhin
er mit voller Hingabe zu erzählen begann.
Er hielt ab und zu inne, man sah ihm an, dass er
sich erinnerte, danach führte er die Erzählung
fort. Von Zeit zu Zeit wiederholte er sich, und
wenn ihm das deutsche Wort nicht einfiel, dann
sagte er es auf Rumänisch. Die beiden Mädchen verstanden dann zwar nicht alles, aber sie
setzten die Sätze irgendwie zusammen. Ludwig
erzählte ihnen, dass sein Dorf, in dem er

geboren ist, in seiner Jugend noch zu Ungarn
gehörte, aber dann kamen die Rumänen. Er beschrieb die Geschehnisse zu Kriegsbeginn. Er
wurde zur Arbeit einberufen und wurde dann in
russische Gefangenschaft gebracht. Im russischen Gefangenenlager waren auch viele Deutsche. Sein Freund Frank war sehr erfinderisch,
so war schliesslich alles erträglicher. Der alte
Mann erzählte den Mädchen von der Kälte in
Russland und von den Arbeiten in den Minen.
Er beschrieb die Schwierigkeiten, welche er
hatte, um wieder nach Hause zu gelangen. Als
er wieder nach Hause kehrte, war seine Hei-
matstadt nicht mehr in Ungarn, sondern in Rumänien. Als er darüber sprach, schluchzte er
ein wenig. Sofie hatte von Tills Vater schon
Geschichten über die Aufteilung Ungarns
gehört, so wusste sie bereits einiges. Sie war
auf Details gespannt, deshalb befragte sie Ludwig zu diesem und jenem. Sie wollte auch
seine Meinung über Vampire hören. Der alte
Herr knurrte und schüttelte den Kopf. Er sagte
etwas, was die Mädchen nicht verstehen konnten, danach sah er die Mädchen wieder an und
fragte:

«Also, ihr interessiert euch für Vampire,
was?»

Sofie und Nina nickten ihm zu.

«Ich fand die Geschichte von Dracula so spannend. Und es heisst ja, dass es auf gewissen Wahrheiten basiert. Gibt es denn noch Vampire in Transsilvanien?»

Ludwig verzog den Mund zu einem Lächeln und wieder schüttelte er sein Kopf.

«Na gut, aber seid mir nicht böse, wenn ich euch enttäuschen muss. Ich habe den Roman von Dracula nie gelesen, aber ich habe darüber schon genug gehört, um zu wissen, welchen Schaden er angerichtet hat.»

«Schaden angerichtet? Wie kann ein Buch Schaden anrichten?», fragte Nina verständnislos und blickte von Ludwig zu Sofie und wieder zu Ludwig herüber.

Der alte Mann antwortete selbstbewusst. «Nur so weit kann ein Buch Schaden anrichten, indem es die Geschichte der Ungarn verfälscht. Vor allem die von den Siebenbürgen Szeklern und sogar die der Sachsen. Aber die rumänische Regierung hat ja schon genug von uns gestohlen, da kommt es darauf nicht mehr an. Was Dracula betrifft, da gab es mal tatsächlich einen moldawischen Fürsten namens Vlad. Weil er seine Feinde gepfählt hattte, bekam er den Beinamen Tepes - der Pfähler. Sein Vater war als Dracul bekannt, da er zu König Sigismunds Drachenorden gehörte.»

Die Mädchen hörten dem alten Mann gespannt zu. Ludwig führte die Erzählung über die Geschichte des fünfzehnten Jahrhunderts fort. Über den König Ungarns, den Herrscher Siebenbürgens, den türkischen Sultan und über die moldawischen Fürsten der Walachei, welche ihre Verbündete wie bei einem Schachspiel wechselten. Die Mädchen erfuhren von Ludwig, dass die Vampire auf Rumänisch Moroi heissen, und die Leute glaubten, diese seien Untote, welche zu Lebzeiten Sünden begangen und ihre Seelen dem Bösen verkauft hatten. Die Erde nahm ihre Körper deshalb nicht an und ihre Seelen fanden keine Ruhe. So wurden sie dazu verflucht, sich von den Lebenssäften ihrer Familienmitglieder, Verwandten oder Feinde zu ernähren. Da Vlad, Sohn des Dracul, Dracula nicht nur seine Feinde, sondern auch Kranke, Waisenkinder und das Bettlervolk ermordete, wurde er für die Bevölkerung ebenfalls zu einem Vampir.

Der alte Ludwig genoss die Aufmerksamkeit der beiden deutschen Frauen, deshalb holte er immer wieder neu aus, um noch mehr zu erzählen. Die deutschen Wörter fielen ihm immer schneller ein, ohne lange nachzugrübeln, obschon sich immer noch einige rumänische Bezeichnungen in seine Sätze mischten. Er selbst bemerkte es nicht einmal, dass er die beiden Fremdsprachen, die er beherrschte, miteinander vermischte.

Folglich verstanden die Mädchen nicht ganz alles, was der alte Mann ihnen mitteilen wollte. Er nannte zum Beispiel die Habsburger ständig diebische Ritter, die Erklärung dazu blieb aber aus. Sofie wollte nachhacken, doch Nina winkte ihr zu, sie solle Ludwig weitererzählen lassen.

«Schloss Bran ist das angebliche Schloss des Draculas, welches der Erbe von diesen diebischen Rittern zurückbekommen hatte, um es gleich wieder zu verkaufen. Also wie auch immer, Dracula oder Vlad hatte damit echt nichts am Hut. Auch wenn die dies der Welt so verkaufen wollen. Und mit Schässburg hat Vlad auch nichts zu tun. Er ist nicht dort geboren, glaubt mir!»

Er sprach etwas aufgebracht, offensichtlich belasteten ihn diese Geschichten. Er bemerkte die Verwirrung in den Augen seiner Zuhörer, deshalb fasste er sich wieder und fuhr etwas sachlicher fort.

«Also Schloss Bran ist schön, sieht es euch ruhig an, aber denkt daran: Es hat nichts, wirklich nichts mit diesem Dracula zu tun. Mein Namensvetter, der grosse König Ludwig, liess diese Burg von den Sachsen in Kronstadt bauen. Die Siebenbürger Szekler waren dann diejenigen, die das Schloss gegen die Türken und den Fürsten der Walachei verteidigten. Wenn Vlad jemals dort war, dann höchstens im Kerker!»

Mit diesem Satz beendete der alte Mann seine Erzählung. Die Mädchen schwiegen ihn erst eine Zeit lang an. Sie hatten so viele Informationen erhalten, erst mussten sie alles verdauen. Nina versuchte, das Schweigen zu brechen und das Gespräch auf ein leichteres Thema zu lenken.

«Und wohin reisen Sie?», fragte sie den Alten.

«Nach Arad», antwortete er, «dort wohnt mein älterer Sohn. Mein anderer Sohn ist nach Ungarn ausgewandert, ihn habe ich soeben besucht. Ich bleibe ein paar Tage, dann fahre ich wieder nach Hause nach Csik.»

Sofie hatte die Landkarte Rumäniens bereits ausführlich studiert, deshalb kamen ihr die Ortsnamen bekannt vor.

«Arad liegt doch bei der ungarischen Grenze, nicht wahr?», fragte sie nach.

«Ja», gab Ludwig zur Antwort und fügte mit ernsterer Miene hinzu: «Obwohl die Stadt nahe bei Ungarn liegt, wohnen dort mittlerweile mehr Rumänen als Ungarer. Die Grenzgebiete wurden gleich nach Trianon mit Rumänen bevölkert. Auf diese Weise kann Ungarn das Gebiet nicht mehr zurückhaben wollen.»

Nina spürte die Schwermütigkeit des alten Mannes, deshalb versuchte sie das Gespräch in eine andere Richtung zu lenken.

«Ist denn Arad eine schöne Stadt?», fragte sie

«Ja es hat schon einige Sehenswürdigkeiten», antwortete er kurzangebunden.

Till nickte in seinem Rausch vom Hauswein ein. Phil lächelte die beiden Zigeuner verlegen an. Für eine Konversation sah er keine Möglichkeit, deshalb versuchte er ebenfalls etwas zu schlafen. Der Zug rüttelte und pfiff, danach hielt er mit einem Ruck an und weckte dabei die beiden Jungs wieder auf. Uniformierte, bewaffnete Männer stiegen in den Wagon und durchstreiften mit grossen Schritten den Gang. «Passaporte!», schrie einer von ihnen.

Die Jungs standen von ihren Plätzen auf und gingen zu den Mädels hinüber, da ihre Pässe auch dort waren. Ein Zollbeamter mit groben Gesichtszügen ging auf sie zu und sagte zu ihnen etwas auf Rumänisch. Die vier Jugendlichen starrten ihn fragend an. Der Mann wiederholte seine Worte nochmals etwas lauter. Daraufhin sagte der alte Ludwig dem Beamten etwas, danach übersetzte er den Deutschen die Frage des Mannes:

«Er fragte, ob Sie etwas zu verzollen haben?»

Auf die Frage antworteten alle vier gleichzeitig, dass sie nichts mitführen.

«Passaporte!», sagte der Mann in Uniform wieder und nahm alle Ausweise an sich. Ludwigs Pass gab der Zollbeamte nach Kurzem zurück, doch die Ausweise der vier Freunde blätterte er lange durch. Er verglich die Bilder gründlich mit den Reisenden. Danach drückte er die vier Pässe in Phils Hand und ging ohne ein Wort zu sagen weiter. Kaum war der erste Zollbeamte ausser Sichtweite, kam schon ein weiterer Uniformierter, bewaffneter Mann. Auch dieser verlangte nach den Pässen. Er stellte Ludwig einige Fragen, danach gab er ihm seinen Ausweis wieder. Die vier deutschen Ausweise betrachtete auch dieser Grenzwächter länger. Vor allem in Tills Ausweis blätterte er besonders lange. Er wiederholte seinen Namen laut

«Hmm, Regös, Attila». Er sah ihn forschend an, dann fragte er: «Visum?»

Die vier Freunde sahen sich verwundert an. Der alte Ludwig wollte behilflich sein, deshalb wiederholte er die Frage des Beamten:

«Er fragt, ob ihr einen Stempel habt. Ihr braucht ein Visum!»

«Aber das kann nicht sein», dachten sie sich, sie hatten es ja in Deutschland abgeklärt.

Man hat ihnen gesagt, dass ein Visum nicht mehr nötig sei. Nina versuchte die Angelegenheit auf Englisch zu klären, doch der Mann verstand weder Englisch noch Deutsch. Da bat Till den alten Ludwig zu übersetzen. Der Grenzwächter wirkte plötzlich etwas verunsichert. Ohne eine Erklärung lief der Beamte davon und nahm die deutschen Ausweise mit. Verwirrt und etwas besorgt blickten sich die vier an.

«Was macht dieser Mann jetzt mit unseren Pässen?», fragten sie sich.

Es vergingen einige Minuten, in denen Nina immer mehr in Panik geriet. Phil war etwas aufgebracht und auch Till fühlte sich etwas unwohl. Nur Sofie fand die Situation extrem aufregend. Nach einigen Minuten kam der Grenzwächter mit einem Kollegen zurück. Auch dieser fragte sie, ob sie ein Visum hätten. Die vier Deutschen schüttelten nur ihre Köpfe und zuckten mit den Schultern. Etwas verunsichert sahen sich die zwei Beamten um, schliesslich druckten sie in alle Ausweise jeweils einen Stempel. Damit war die Sache abgeschlossen. Sie gaben die Pässe an die Reisenden zurück und verabschiedeten sich. Kaum waren sie aus dem Wagon gestiegen, fuhr der Zug weiter. Nina, die gerade eben noch kurz vorm Heulen stand, begann lauthals zu kichern.

«Nur wegen uns musste der Zug so lange stehen!»

Mit einem Lächeln auf dem Gesicht sagte der alte Ludwig:

«Die wussten nicht, was sie zu tun haben, deshalb sagte der eine zum anderen, dass sie die Pässe zur Sicherheit abstempeln sollten.»

Alle mussten lachen. Till stellte mit Entsetzen fest, dass die Grenzwächter nicht wirklich gut ausgebildet waren.

Ludwig begann sein Gepäck zusammenzustellen, da der Zug bald in Arad eintreffen würde. Nachdem der alte Mann und ein weiterer Passagier ausgestiegen waren, setzten sich die Jungs zu den Mädchen ins Abteil. Sofie studierte Peters Aufzeichnungen und die Landkarte Rumäniens.

«Die nächste Station ist Deva, lasst uns dort aussteigen», sagte Sofie voller Euphorie.

«Wieso, was soll dort sein?», fragte Phil.

Till erinnerte sich an eine Geschichte, die ihm sein Vater früher immer wieder erzählt hatte. Als Kind liebte er die Legende über Devas Burg.

«Es gibt dort eine Burg», begann er zu erzählen. «Die Legende besagt, dass einst zwölf Maurer die Aufgabe erhielten die Burg aufzubauen. Doch was sie an einem Tag erbauten,

zerfiel in sich in der darauffolgenden Nacht.
Die Zwölf sahen keine andere Lösung, als eine
Frau zu opfern. Ihre Asche sollten sie mit dem
Mörtel vermischen, nur so konnten sie die hohe
Burg erbauen. Sie hatten ein Bündnis geschlos-
sen. Wessen Frau als Erste das Mittagessen
bringt, wird geopfert. Der Fluch traf die Frau
von Kelemen. Sie wurde verbrannt und ihre
Asche wurde in den Mörtel gemischt. So konn-
ten die zwölf Maurer Devas Burg errichten.»

Sofie kannte die Geschichte bereits, dennoch
lauschte sie gerne Tills Erzählung.

«Ist denn das eine wahre Geschichte?»,
fragte Nina etwas naiv.

«Auf jeden Fall steht die Burg nicht mehr,
jetzt ist sie nur noch eine Ruine», erklärte Till

«Macht nichts, dann bauen wir sie wieder
auf, was Till? Wir können ja Nina und Sofie
einmauern!», scherzte Phil, worauf hin Sofie
ihm ihre Tasche an den Kopf schmiss.

Die Sonne stand schon im Westen als die
vier Freunde in Deva eintrafen. Erst hielten sie
nach einem Hotel Ausschau, doch alle Zimmer
schienen ausgebucht zu sein. Sofie und Phil

kamen auf die Idee bei der Burgruine zu zelten. Till gefiel der Gedanke ebenfalls, nur Nina zögerte ein wenig. Die Ruine ragte auf einem Hügel in die Höhe und beherrschte mit ihrer Präsenz die ganze Stadt. In der Abenddämmerung wirkten die zerstörten Gemäuer beängstigend und mystisch, dennoch zogen sie die vier Jugendlichen magisch an. Den Weg zur Ruine fanden die deutschen Freunde auf Anhieb. Unter dem Hügel lag ein Bauernhof. Von dort kam ein hellbrauner Hund von mittlerer Grösse auf sie zugerannt. Nina hatte Angst vor Hunden, deshalb versteckte sie sich hinter Phils Rücken. Von dort aus kreischte sie und rief dem Hund zu, er solle verschwinden. Sofie hingegen hätte das niedliche Tier am liebsten gestreichelt. Sie hatte jedoch Bedenken, er könnte tollwütig sein. Der Vierbeiner umkreiste die vier Menschen und wedelte freudig mit dem Schwanz. Anschliessend bellte er einmal und lief auf dem Weg zur Ruine voraus. Es sah beinahe so aus, als würde er den Touristen den Weg zeigen wollen. Sie folgten dem Tier auf den Hügel hinauf durch den Wald. Phil ging mit grossen Schritten voraus. Sofie versuchte mitzuhalten, das kostete ihr aber ihre ganze Willenskraft. Nina hatte etwas Mühe mit dem Gewicht ihres Rucksacks und auch Till war etwas ausser Atem, denn er war sich ans Wandern nicht gewöhnt. Die Sonne war in der Zwischenzeit untergegangen und es war beinahe schon ganz dunkel, als die vier bei der Ruine ankamen. Die Jungs machten sich auf die Suche nach Brennholz und zündeten ein Feuer an. Die Mädchen bauten währenddessen das Zelt auf. Der Hund wich nicht von ihrer Seite, obwohl sie ihn weder gefüttert noch gestreichelt hatten. Die vier Freunde sassen am Feuer und assen gegrillte Würste, da konnte Phil nicht anders und warf dem Hund ein Stück Wurst zu. Der Hund schnupperte daran, warf Phil einen dankbaren Blick zu, verschwand dann aber ohne das Fleisch anzurühren.

«Na, dieser Hund ist aber sehr eigenartig!», stellte Phil fest.

Sofie war von der Umgebung und der Aussicht überwältigt. Auch den anderen gefiel ihr Standort und die Burgruine sehr. Die vier Freunde unterhielten sich bis spät in die Nacht. Müde und erschöpft schlüpften sie in ihre Schlafsäcke. Alle schliefen sehr schnell ein, lediglich Nina schreckte ab jedem Geräusch auf. Ab und zu knackste ein Ast, ein Tier musste in der Nähe sein. Plötzlich gefror ihr das Blut in den Adern.

«Was war das?»

Sie hörte eine zierliche, weibliche Stimme. Als würde jemand weinen. Sie versuchte sich auf die Stimme zu konzentrieren, doch da überkam sie eine drückende Müdigkeit. Sie träumte von einer Frau mit langem, braunem Haar. Sie stand auf einem Scheiterhaufen zwischen Flammen und weinte. Nina schreckte wieder auf. Sie war sich auf einmal nicht mehr sicher, ob sie eben geträumt hatte oder nicht. Sie zitterte vor Angst. Sie versuchte sich zusammenzureissen, da hörte sie wieder die weinende Frau.

«Hey!», schrie sie laut, um die anderen aufzuwecken.

«Was ist?», knurrte Phil müde.

«Die Frau des Maurers!», sagte Nina verängstigt.

«Was?» Phil hatte keine Ahnung, was Nina meinte.

«Die Frau in der Burgmauer! Ich hörte, wie sie weint», Nina war ausser sich vor Schreck.

Sie sprach flüsternd und bewegte sich nicht. Phil war wieder eingenickt, so bekam er Ninas weitere Worte gar nicht mehr mit. Nina begann verzweifelt Sofie zu pieken.

«Häh?! Was!?», schreckte Sofie auf.

Sie schrie so laut, dass auch die Jungs endgültig aufwachten. «Was schreit ihr herum?», fragte Till wütend.

«Ich hörte, wie die Frau in der Mauer jammerte», erklärte Nina mit Tränen in den Augen. Ihre Freunde mussten lachen.

«Du hast nur geträumt», versuchte Sofie schliesslich ihre Freundin zu beruhigen. Till versuchte wieder einzuschlafen, während Phil Nina noch immer auslachte.

«Psst! Hört nur!», sagte Nina.

Auch die anderen drei wurden still und horchten, ob sie etwas hören. Tatsächlich konnte man von draussen ein leises Wimmern hören. Die vier Jugendlichen zuckten zusammen.

«War die Legende wirklich wahr? War es wirklich der Geist der Frau, der weinte?»

Wie gelähmt sassen die vier in ihren Schlafsäcken. Sofie erwies sich als die Mutigste.

«Na kommt, wir sehen nach!», entschied sie und sprang auf.

Sie öffnete das Zelt und ging hinaus. Die anderen folgten ihr etwas ängstlich. Eng hintereinander schreitend gingen sie um die Ruine herum. Das Weinen war nur selten zu hören, das machte es schwierig die Klangrichtung festzustellen. Die vier Freunde hatten jeden Winkel in der Ruine abgesucht, doch einem Geist sind sie nicht begegnet. In einem Schlupfloch entdeckten sie den treuen, hellbraunen Hund. Er schlief sehr tief, denn er wachte nicht einmal auf, als die vier Menschen sich ihm näherten. Der Hund knurrte und jauchzte im Schlaf ein wenig.

«Ich glaube der Köter hat im Schlaf geweint», schlussfolgerte Till.

Die vier kehrten zum Zelt zurück. Der Schlaf überkam sie schnell, nur Nina blieb noch eine Zeitlang wach. Da das Weinen aber nicht mehr zu hören war, schlummerte auch sie schliesslich ein.

Die Sonne stand schon hoch am Himmel, als die vier Abenteurer aufwachten. Während dem Frühstück sprachen sie über die Ereignisse der vergangenen Nacht. Sie mussten über sich selbst lachen. Bei Tageslicht kam ihnen alles so unwahrscheinlich vor, sie konnten kaum noch nachvollziehen, weshalb sie so erschrocken waren. Auch der Hund hatte sich wieder zu ihnen gesellt. Mit freudigen Sprüngen rannte er um sie herum. Es war schon beinahe Mittag, bis sie sich wieder auf den Weg nach unten machten. Die Stadt unter dem Hügel erschien ihnen als ein grosser grauer Fleck. Die meisten Menschen auf den Strassen gingen mit gesenkten Blicken an den Deutschen vorbei. Es kam ihnen vor, als würden sie die Leute meiden. Einige Anwohner begafften sie wiederum als wären sie nicht von dieser Welt.

Als erstes suchten die Touristen eine Bank, um Geld zu wechseln, danach setzten sie sich in eine Gartenwirtschaft. Sie wollten dort Mittagessen und die weitere Route besprechen. Von Deva aus wollten die vier zu Fuss nach Kronstadt gelangen. Sofie sagte das Ziel an, während Till die Route auf der Karte einzeichnete.

Sie sassen bestimmt schon eine Viertelstunde im Restaurant, ohne bedient zu werden. Es sah so aus, als würde sie die Kellnerin nicht bemerken. Nach dem Phil der Bedienung vergeblich zuwinkte, stand er auf und ging auf sie zu. Die Frau kam dann endlich zu ihrem Tisch und legte die Menukarte vor. Anschliessend verschwand sie wieder. Die Speisekarte war

ausschliesslich auf Rumänisch geschrieben, so
konnten die vier Freunde nur vermuten, was es
geben könnte. Nach wenigen Minuten kehrte
die Kellnerin mit einem Notizblock zurück und
erwartete die Bestellung. Sofie versuchte auf
Deutsch nachzufragen, was dies oder jenes sein
könnte, doch die Frau verstand kein Deutsch.
Till versuchte sein Glück auf Ungarisch, doch
die Frau verhielt sich noch gleichgültiger. Sofie
stellte ihre Fragen auch noch auf Englisch und
Nina nahm sogar ihre Französischkenntnisse
hervor, von der Frau kam jedoch keine Reaktion. Till empfahl seinen Freunden irgendetwas
zu bestellen, es wird schon alles geniessbar
sein, doch ehe sie hätten bestellen können, lief
die Kellnerin davon und kehrte nicht wieder zurück. Umsonst winkten sie ihr zu. Die Frau ig-
norierte sie, als ob sie gar nicht da wären. Nach
einer Dreiviertelstunde mussten die Vier einsehen, dass sie in diesem Restaurant nichts zu essen bekommen würden. Vergeblich suchten sie
hungrig und wütend nach einem anderen Restaurant. Sie fanden keines. In einem Lebensmit-
telgeschäft kauften sie etwas Brot und Würste.

«Wir essen dann an einer Feuerstelle», sagte
Till entschlossen.

So machten sich die Freunde wieder auf dem
Weg, der aus dieser unfreundlichen Stadt hin-
ausführte. Der Hund folgte ihnen bis zur Stadt-
grenze, dort blieb er stehen und bellte ihnen
nach. Phil schien ihn zu verstehen. Er ging auf
den Hund zu und streichelte ihn zum Abschied.
Der Hund wedelte mit dem Schwanz, bellte
noch einmal und lief dann wieder zurück in die
Stadt.

Die vier Freunde sahen den Hund mit einem
Lächeln auf dem Gesicht nach. Sofie sprach es
aus was alle dachten:

«Diesen Hund werde ich niemals vergessen.»

Der Wind wirbelte eine dünne aber gut sicht-
bare Staubschicht über die Strasse. Leerste-
hende, herabgekommene Fabrikgebäude zeug-
ten von dem Versuch der Industrialisierung.
Die einst wahrscheinlich schöne Landschaft
wirkte auf die kleine Gruppe bedrückend. Stillschweigend liefen die vier Freunde nebeneinander. Alle vier dachten das Gleiche:

«Was war das für eine beunruhigende Kraft,
deren Spuren man auf den Gebäuden und auf
den Gesichtern der Leute sehen konnte?»

Umso länger sie unterwegs waren, desto schneller begannen die Jungs zu marschieren. Die Sonne brannte heiss und die Betonstrasse reflektierte die Hitze. Nina hielt die Spannung nicht mehr aus.

«Wir sind doch in den Ferien, oder?»

Phil wusste nicht, was er antworten sollte, er lächelte ihr nur freundlich zu. Sofie fand die angespannte Stimmung belustigend, doch um Nina aufzuheitern schrie sie lauthals:

«Juhui! Wir sind in den Ferien!»

Daraufhin hakte sie sich bei Nina ein und begann freudig zu springen.

«Auch so etwas muss man geniessen können. Alles ist eine Frage der Einstellung», fügte sie etwas besserwisserisch hinzu.

Nina konnte sich nicht mehr zurückhalten, sie begann zu jammern.

«Für dich mag das alles amüsant sein, dreckig, verschwitzt und hungrig zu sein, aber ich… »

«Ja, ja wir alle wollten uns waschen und etwas essen, doch der Fluss schien vorhin nicht sehr sauber zu sein und eine schöne Feuerstelle

werden wir auch noch finden», unterbrach Till
die Mädels.

Bereits anderthalb Stunden waren vergangen, seit sie die Stadt hinter sich gelassen haben. Die Gegend wurde immer freundlicher.
Hügel und Täler lockten in leuchtendem Grün.
Das Gemüt der vier Freunde wurde ebenfalls
heiterer. Obschon sie etwas erschöpft waren.
Sie überquerten eine Wiese, die mit Wildblu-
men bewachsen war. Die Strahlen der Sonne
brannten heiss auf sie herab. Sie bogen auf einen Feldweg ein, der durch ein Waldstück
führte. Im Schatten konnte sich die kleine
Gruppe endlich abkühlen. Auf einmal stand
ihnen ein Stier im Weg. Zuerst versuchten sie,
sich am Tier langsam vorbeizuschlängeln, doch
dieser sah sie bedrohlich an und stampfte mit
den Vorderbeinen. Wie verwurzelt blieben die
vier Freunde stehen. Nina stand eng hinter Phil.

«Was jetzt?», fragte sie flüsternd. «Was soll
schon sein? Ist doch nur eine Kuh!», antwortete
er nicht allzu überzeugend.

Fragend sah er zu Till hinüber.

«Wenn wir durch das Gebüsch gehen,
kommt er wahrscheinlich nicht nach»,

überlegte Till immer noch stillstehend. Die Flucht durch das stachelige Gebüsch war nicht wirklich verlockend. Unentschlossen standen die Vier immer noch vor dem Stier, als ein schrilles Pfeifen erklang. Ein kleiner Junge von etwa zehn Jahren, mit schlankem, nacktem Oberkörper stand plötzlich neben dem Stier. Der Knabe schlug mit einem Stock auf das Hinterteil des Tieres. Mit unverständlichen Wörtern forderte er den Stier auf weiterzugehen. Der Stier war zwar dem Jungen gefügig, dennoch wirkte er auf die Jugendlichen triumphierend. Kurzerhand machte das Tier kehrt und lief zwischen den Bäumen davon. Der Junge zwinkerte den Deutschen zu und lief dem Tier hinterher.

«Njeeh», versuchte Till den Jungen nachzuahmen. Die vier Freunde atmeten erleichtert auf. Nach der ausgestandenen Angst lachten und scherzten sie etwas übermütig.

«Gehen wir weiter, ihr heldenhaften Torreros!», ärgerte Sofie die Jungs.

Die vier Freunde gingen zunächst nur langsam weiter, denn sicher ist sicher.

Nach wenigen hundert Metern kamen sie zu einer Felswand. Auf ihrer linken Seite ragte diese steil in die Höhe. Auf der anderen Seite war eine Weidelandschaft zu sehen, mit einer kleinen Holzhütte. Neben dem Weg sass ein Mann an einen Baum gelehnt. Dieser hatte seinen Hut übers Gesicht gezogen und mampfte etwas, das in Zeitungspapier eingewickelt war. Der Mann unter dem Baum trug trotz der Hitze einen dicken Wollpullover. Darunter blickte auch noch ein hellblauer Hemdkragen hervor. Nina war über den Anblick der seltsamen Gestalt so entsetzt, dass sie den Mann unwillkürlich anstarrte. Der Mann musste ihren Blick gespürt haben, denn er rückte seinen Hut zurecht, wischte sich den Mund mit dem Pullover Ärmel ab und schaute dann den Wanderern mit erhobenen Augenbrauen nach. Die Mädchen schien er regelrecht von oben bis unten zu begutachten. Die vier Freunde waren bereits an ihm vorbeigegangen, als er ihnen nachrief.

«Unde, unde?», fragte er auf Rumänisch.

Drei Augenpaare richteten sich auf Till der ihnen mit einem Schulterzucken mitteilte, dass er den Mann ebenso wenig verstehe wie sie. Auch der Mann verstand seine Gestik und fragte nochmals auf Ungarisch nach: «Sind Sie Ungarn?» «Wir kommen aus Deutschland, aber ich kann Ungarisch», antwortete Till, doch da er keine Lust hatte, lange mit dieser

eigenartigen Figur zu kommunizieren, lächelte
er freundlich und ging auf dem Weg weiter.
«Na, warum so eilig?», fragte die Gestalt, während sie aufstand und mit den Armen die
Gruppe zu sich einlud. Alle Blicke richteten
sich auf Till, er fühlte sich wie im Kreuzfeuer.
«Er will mit uns plaudern», sagte er nicht allzu
begeistert. Nina war schon müde und setzte
sich auf ihren Rucksack. «Ich werde Sie schon
nicht essen!», scherzte der Mann. Till verzog
den Mund zu einem Lächeln. Der Mann ging
einen Schritt auf die Jugendlichen zu. «Wohin
gehen Sie?», fragte er. «Nach Kronstadt!», kam
die Antwort, worauf der Mann seinen Hut ab-
nahm und sich den Hinterkopf zu kratzen begann. Man sah ihm an, dass er sich Gedanken
machte. «Nach Kronstadt!? Sie wollen zu Fuss
nach Kronstadt?», er konnte es kaum fassen,
«Das ist weit!» Er atmete schwer durch. «Zu
Fuss wollen Sie nach Kronstadt?», wiederholte
er seine Frage fassungslos. Till bemerkte die
einfachen Gedankengänge des Mannes, deshalb
erklärte er ihm, dass sie hier Wanderferien machen. «Na gut dann!», liess sich der Mann
überzeugen. Nina, Sofie und Phil verstanden
kein Wort von der Unterhaltung, deshalb wurden sie etwas ungeduldig. Auch Till wollte den
Weg fortsetzen, er versuchte den Mann auf

höfliche Weise loszuwerden. Vom Häuschen auf der Weide war ein Ruf zu hören:

«Heyeyeyey». Der Mann antwortete zugleich und auch von der anderen Seite des Hügels kam ein ähnlicher Ruf.

Die vier Reisenden sahen sich verwundert an.

«Das war meine Frau, das Essen ist fertig. Wenn Sie wollen, können Sie gerne mit uns essen», sagte der Mann.

Zwar fanden die vier den Mann ein wenig abstossend, weil sie aber sehr hungrig waren, nahmen sie die Einladung dennoch dankend an. Nina hatte insgeheim sogar gehofft, auf dem Hof duschen oder sich zumindest waschen zu können. Die vier nickten dem Mann zustimmend zu, der die Freunde zu seinem Hof geleitete. Erst führte der Weg ein wenig aufwärts, anschliessend betraten sie einen engen Pfad zwischen Sträuchern und Bäumen, bis sie schliesslich über eine Weide zum Haus des Mannes gelangten. Soweit man diese Hütte ein Haus nennen konnte, denn die Wände des Holzgebäudes standen so schräg, als wollten sie jeden Moment zusammenbrechen. Das Dach bestand lediglich aus einigen

Blechplatten. Die Hütte hatte drei Teile, ein Fenster war aber nirgends zu sehen. Die deutschen Touristen verloren die Fassung beim Anblick dieser Armut, der Hausherr zeigte sein Zuhause jedoch voller Stolz. Die Hausherrin trug ein graues, schlichtes Kleid und ein Kopftuch. Als sie die Gäste erblickte, sprang sie von der Bank, auf der sie sass und rannte in die Hütte. Innerhalb kürzester Zeit trat sie ohne Kopftuch mit frisch gekämmtem Haar und Geschirr für die Gäste wieder hervor. Sie deckte den Tisch draussen vor dem Haus. Ihr Gatte rief ihr etwas auf Rumänisch zu, woraufhin sie wieder im Haus verschwand. Der Hausherr bot seinen Gästen einen Platz am Tisch, deutete an, dass er gleich wiederkomme und verschwand ebenfalls in der Hütte. Von dem Hügel rannte eine kleine Gestalt hinunter und näherte sich dem Tisch. Es war der Junge mit dem Stier, er musste der Sohn des Gastgebers sein. Der Knabe kam lachend auf die Besucher zu. Er sagte etwas auf Rumänisch, da er aber bemerkte, dass die vier ihn nicht verstanden, machte er mit seinen Händen zwei Hörner und deutete somit auf den Stier. Till nickte höflich dem Jungen zu, doch dieser fand die Angelegenheit sehr belustigend. Inzwischen kam auch der Hausherr aus dem Haus. Mit seinen rauen

Händen streichelte er über den Kopf des Jungen und sagte dann stolz zu Till:

«Das ist mein Sohn, Jani.» Der Junge und sein Vater setzten sich zu den Gästen.

Die Hausherrin kam aus der Küche und stellte einen grossen Topf auf den Tisch.

«Mögen Sie Suppe? », fragte der Mann.

Etwas enttäuscht sahen sich die vier Freunde an, denn sie hatten grossen Hunger und bloss eine Suppe konnte diesen nicht stillen. Ein Blick in den Topf beruhigte die Gemüter dann aber schnell. Die Suppe sah köstlich und sehr ergiebig aus. Die vier Touristen schlürften die Suppe hinunter, als hätten sie seit mehreren Tagen nichts zu essen bekommen. Keiner sagte etwas, während dem Essen, doch es war allen klar, dass weder die Frau noch der Sohn des Gastgebers Ungarisch konnten. Nachdem die hungrigen Gäste den ganzen Suppentopf geleert hatten, fragte die Frau zufrieden;

«Bine?»

Auch ohne Rumänisch Kenntnisse verstanden die deutschen Besucher die Frage und nickten eifrig. Der Mann nahm den leeren

Suppentopf zurück in die Küche und kam mit einer reichbelegten Holzplatte zurück.

«Bitte greifen Sie zu. Wir haben köstlichen, hausgemachten Schafskäse und feinen geräucherten Speck. Der Schafskäse hat meine Frau gemacht. Und das hier ist Salami mit Knoblauch. Sie ist ein wenig scharf, aber es ist die beste Salami, die es gibt», sagte er freundlich.

Die Jungs liessen sich nicht zweimal bitten, sie packten jeweils ein Stück Brot und strichen dick Schafskäse darauf und nahmen auch reichlich Wurst und Speck dazu. Nina pickte nur ein wenig, schliesslich wollte sie abnehmen. Sofie bekam plötzlich ein schlechtes Gewissen.

«Wie arm müssen die sein», dachte sie «trotzdem bewirten sie uns so gut und wir, wir benehmen uns wie irgendwelche Trampel.»

Während ihr diese Gedanken durch den Kopf gingen, lächelte sie mit einem warmen Lächeln ihren Gastgebern zu.

«Danke, es ist sehr gut», sagte sie auf Ungarisch, etwas steif doch richtig.

In den letzten Jahren hatte Sofie von Till einige Ausdrücke gelernt und dachte, nun sei der Zeitpunkt gekommen diese zu nützen. Dem Hausherrn hat Sofies Versuch Ungarisch zu

reden sehr imponiert, doch weder seine Frau
noch der Junge hatten reagiert.

«Ja, danke sehr, es war ausgezeichnet»,
fügte Till hinzu, woraufhin der Mann noch
mehr zu Essen anbot.

«Essen Sie ruhig, es hat noch mehr», versicherte er, doch die ganze Truppe war schon
mehr als satt.

Sogar Phil, der Nimmersatt, hielt sein Bauch
fest und befürchtete, dass er gleich platzen
würde. Ninas grösster Wunsch war sich zu waschen, doch wenn sie ihr Blick über die Hütte
schweifen liess, konnte sie da kein Badezimmer erkennen. Etwas abseits stand ein kleines
Holzgebäude. Das musste die Toilette sein,
doch wo konnte man sich hier waschen? Als
hätte die Frau Ninas Gedanken verstanden,
winkte diese ihr und Sofie zu, sie sollen ihr folgen. Hinter dem Haus stand ein Brunnen mit
Quellwasser. Die Frau nahm eine Schüssel hervor und brachte den Mädels eine Seife und ein
Handtuch. Mit Zeichen erklärte sie den beiden,
sie könnten sich auffrischen, wenn sie wollten.
Sofie und Nina nahmen das Angebot gerne an,
wenn dies auch bedeutete, dass sie sich in kaltem Wasser waschen mussten. Zum guten

Glück war es Sommer und die Sonne brannte
heiss. Nachdem sich auch Till und Phil erfrischt hatten, verabschiedeten sich die Vier
und dankten den Hofbewohnern für die nette
Bewirtung. Noch lange winkte die kleine Familie den Touristen zu, ehe sie im Wald verschwanden.

Es war zwar noch hell doch bereits später
Nachmittag, als die vier Wanderer den Hof verliessen. Erfrischt und gesättigt führten sie ihre
Reise fort. Eine Zeit lang liefen sie der Felswand entlang, dann standen sie vor einem
Hang. Sie waren von Wäldern umgeben. Die
Bäume waren voll dunkelgrüner Pracht, während die Erde leicht rötlich zu sein schien. Der
Weg in das Tal hinunter war so steil, dass die
vier Wanderer kurz zögerten weiterzugehen,
dann aber setzten sie sich schlicht und einfach
auf ihre Hintern und einer nach dem anderen
rutschte mit einem Jubelschrei herunter. Sofie,
Till und Phil fanden die Rutschparty ziemlich
lustig, doch Nina störte sich daran, dass sie
schon wieder dreckig geworden ist. Sofie
wurde über Ninas ständiges Jammern ein wenig
wütend, schliesslich wusste ihre Freundin von
Anfang an, dass sie zum Wandern und

Wildcampen nach Rumänien gekommen sind. Sie fuhr Nina an:

«Jetzt benimm dich nicht immer so wie eine Prinzessin.»

Nina hätte von Sofie nie eine solche Reaktion erwartet, deshalb fühlte sie sich gekränkt und kochte vor Wut. Eingeschnappt, aber voller Power stürzte sie sich an die vorderste Front. In grossen Schritten ging sie den anderen voran und eilte auf der anderen Seite des Tals wieder hinauf.

«Na, sieh mal an! Du kannst ja, wenn du willst!», hetzte Phil sie weiter.

Nina warf ihm einen wütenden Blick zu und versuchte noch schneller zu laufen. Ab und zu blickte sie zurück, um zu sehen, ob die anderen ihr folgen konnten. Erst als sie bemerkte, dass Sofie ausser Atem war, blieb Nina stehen.

«Na, was ist, du Heldin? Kannst du schon nicht mehr?», sagte sie vorwurfsvoll zu ihrer Freundin.

Die Jungs begannen über die beiden Weiber zu lachen und schliesslich konnten die beiden auch über sich selbst lachen.

Als sie auf dem Hügel ankamen, blickten sie
auf eine hügelige Landschaft mit unzähligen
Tannenbäumen. Von Menschen und bewohnten
Siedlungen gab es weit und breit keine Spur.
Die Sonne war bereits am Untergehen, deshalb
dachte Till, es wäre am besten, wenn sie das
Zelt hier aufschlagen würden, doch den anderen gefiel die Umgebung zu wenig. Vor allem
den Boden empfanden sie zum Zelten zu un-
eben. So gingen sie weiter, doch die Landschaft
veränderte sich kaum. Phil wurde auf Wasser-
plätschern aufmerksam und schlug vor, dem
Geräusch zu folgen und am Flussufer zu übernachten. Von Phils Idee begeistert folgte die
kleine Truppe dem Plätschern, doch selbst nach
einer halben Stunde fand sie keinen Fluss. In
der Zwischenzeit ist es so dunkel geworden,
dass die Wanderer keine andere Wahl hatten,
als an Ort und Stelle zu rasten.

Nina hielt die Taschenlampe, während die
anderen das Zelt aufstellten. Die Jungs machten
sich auf, um Feuerholz zu sammeln, doch sie
mussten einsehen, dass alles zwecklos war.
Trockenholz konnten sie nirgends finden, doch
der ganze Hügel war voll mit kleinen, wahrscheinlich erst kürzlich gesetzten Tannenbäum-
chen. Phil kam auf die Idee ein solches anzu-
zünden. Alle waren damit einverstanden, denn

sie waren vom Wandern hungrig geworden und freuten sich schon auf eine Bratwurst zum Abendessen. Der Baum war von den Sonnenstrahlen ausgedörrt und fing schnell Feuer. Leider brannte die kleine Tanne aber sehr schnell runter und die Hitze reichte nicht aus, um die Würste durchzugaren. Das Abendessen blieb auf der einen Seite roh, während die andere Seite verkohlte. Es blieb auf jeden Fall ungeniessbar. Schliesslich legten sich die vier Freunde mit leeren Mägen zum Schlafen.

Als Till am Morgen erwachte, regnete es. Die erdnussgrossen Regentropfen prasselten laut an die Zeltwand. Till schlüpfte aus dem Zelt und traute seinen Augen kaum. Ein märchenhafter Wald umgab ihn. Alles strahlte und die Farben pulsierten beinahe so, als hätte der Regen der Natur neues Leben verliehen. Und da war er, der Fluss dem sie gestern zu folgen versuchten. Er lag knapp fünfzig Meter entfernt. Ein Rehbock sprang vor Tills Augen darüber.

«Juhui!», schrie Till lauthals vor Freude.

Auf sein Geschrei wachten auch seine Freunde auf.

«Was ist?», schreckte Sofie auf.

«Mist, es regnet!», jammerte Nina.

Phil war sich sicher, dass dies ein Zeichen der Götter sei, sie würden mit Regen bestraft, weil sie gestern den lebendigen Baum angezündet haben. Die drei Siebenschläfer waren schlecht gelaunt und lauschten dem Klopfen des Regens frustriert zu. Während die drei Missmutigen sich am liebsten den ganzen Tag im Zelt verkrochen hätten, war Till von den vielen Wundern der Natur fasziniert.

«Sofie, Schatz, komm! Komm, sieh dir das an!», rief er seine abenteuerlustige Freundin heraus, doch sie hatte keine Lust nass zu werden.

Till genoss die lauwarmen Wassertropfen auf seiner Haut. Die dünne Wolkenschicht riss auf und die Sonnenstrahlen drangen durch. Das Zusammenspiel von Sonne und Regen zeichnete einen Regenbogen am Horizont. Till fühlte sich im Schosse der Natur geborgen und heimisch wie noch nie. Eine unbekannte Kraft überkam Till, er fühlte sich stark, tatkräftig und überglücklich. Vor lauter Glück umarmte Till eine dicke Eiche und lehnte den Kopf zurück. Woher kam diese Lebensfreude? So frei und lebensfroh hatte sich Till seit seiner Kindheit nie mehr gefühlt. Wieso fühlte er sich in diesem Wald so heimisch? Während sich Till über diese Gefühle Gedanken machte, hörte es langsam auf zu regnen. Der Himmel lichtete sich, nur noch ein kleiner, grauer Wolkenfetzen verdeckte die Sonne, doch auch dieser löste sich bald auf. Die Sonne kam erneut zu Kräften und die Luft wurde immer wärmer. Im Zelt entstand eine beinahe unerträgliche Hitze. Sofie traute sich endlich nach draussen.

«Hey, es regnet gar nicht mehr, die Sonne scheint!», verkündete sie freudig, woraufhin auch die anderen beiden herauskrochen.

Die Drei liessen sich von Tills Begeisterung anstecken, sie erlebten die Umgebung ebenfalls als sehr schön, doch genauso wie Till empfanden sie nicht.

Nach einem ausgiebigen Frühstück packten die vier Freunde zusammen und führten ihre Wanderung fort. Eine Zeit lang folgten sie dem Flussverlauf, bis sie zu einer Holzbrücke kamen. Dort überquerten sie das Gewässer. Noch eine weitere Stunde gingen sie durch Wälder und Wiesen weiter, ehe sie ein Dorf erblickten. Von weitem konnte man die silbrige Kuppe einer orthodoxen Kirche erkennen, was die

Touristen wissen liess, dass sie sich einer rumänischen Siedlung näherten. Neugierig gingen die Jugendlichen auf die Ortschaft namens Simeria zu. Phil fand den Namen sehr lustig; vor allem wegen dem Vergleich Simeria-Sibiria. Die vier Freunde scherzten viel herum und bemerkten erst gar nicht, in welch seltsame Gegend es sie verschlagen hatte. Nina entdeckte eine entgegenkommende Menschengruppe ganz in schwarz. Es war ein Umzug mit gut einhundert singenden, murmelnden Leuten. An der Spitze des Umzugs waren einige vollbärtige Männer mit hohen, schwarzen Hüten. Diesen Priestern folgten mehrere Männer, welche einen Sarg trugen. Neben den Sargträgern gingen weinende und lautklagende Frauen mit schwarzen Kopftüchern. Die Gefolgschaft sang und betete mit gesenkten Köpfen.

«Eine Beerdigung», flüsterten die deutschen Touristen einander zu.

Wie angewurzelt standen sie am Strassenrand, während der Trauerzug an ihnen vorbeizog. Plötzlich schrie Nina laut auf und hörte nicht mehr auf zu kreischen.

«Was ist los? », die anderen wandten sich ihr zu, doch eine Erklärung war gar nicht nötig. Denn vor ihnen lag ein toter Hund. Er lag auf dem Rücken, seine erstarrten Glieder waren nach oben gestreckt. Voller Mitleid und Ekel wendeten sich die vier Freunde vom Tier ab und eilten weiter. Sie hatten den Gestank des Todes in der Nase. Phil und Till wären am liebsten irgendwo eingekehrt, doch die beiden Frauen wollten so schnell wie möglich aus diesem verfluchten Ort raus.

Noch eine Zeit lang sprachen die Freunde von dem, was sie soeben erlebt hatten. Dann gingen sie schweigend nebeneinander. Es verging gut eine Viertelstunde, bis ihnen jemand entgegenkam. Eine alte Frau mit einem Tuch auf dem Kopf näherte sich ihnen. Ihre Kleider liessen vermuten, dass sie eine Bettlerin war. Mit einem durchdringenden Blick starrte die Frau mit ihren blaugrünen Augen Till wie hypnotisiert an, sodass er unweigerlich langsamer voranschritt. Auch die anderen bemerkten die Situation. Nina nahm aus ihrer Tasche etwas Kleingeld hervor, um dies der armen Frau zu geben. Sie hatte das Verlangen, diesem Geschöpf zu helfen. Das Gesicht der alten Frau war von Lebenserfahrung und Alter gezeichnet, sie strahlte dennoch Kraft und Selbstsicherheit aus. Die Frau nahm Ninas

Geld dankend entgegen, doch ihr Blick ruhte weiterhin auf Till, der von diesem Blick verstört auf der Stelle trat. Phil und Sofie wollten endlich weitergehen, so versuchten sie mit Gesten der Bettlerin klarzumachen, dass es schon gut sei mit der Dankbarkeit. Auch Till wollte einen Schritt vorwärts machen, da packte die Frau seinen Arm und während sie forschend sein Gesicht betrachtete, sagte sie zu ihm:

«Du kannst Ungarisch!»

«Jah…ja», sagte Till ein wenig eingeschüchtert.

Er hatte nicht einmal genug Zeit, um nach Luft zu schnappen, da fuhr die Alte fort.

«Sag deiner Freundin, dass ich ihr danke und dass ich ihre Gabe gerne entgegennehme, wenn ihr auch annehmt, was ich euch geben kann.»

Till war von der Frau positiv überrascht und hatte sich langsam wieder gefasst. Er dachte, sie würde weitersprechen, doch die Frau wartete darauf, dass er seinen Freunden ihre Nachricht übermittelte. Er tat es, woraufhin Nina sich gleich zu wehren begann.

«Sie muss uns doch nichts geben, sie hat…»

Sie konnte gar nicht weiterreden, die Alte sprach wieder weiter:

«Ich bin Mira, eine Hebamme und ich bin eine Csango, wenn ihr wisst, was das ist.»

Natürlich wusste Till Bescheid, denn sein Vater hatte ihm von dieser Sippe erzählt. Er wollte gerade übersetzen, doch Mira winkte ab:

«Lass es, du kannst deinen Freunden später alles erzählen. Bitte deine Begleiter um ein wenig Geduld und komm, setz dich mit mir hier hin an den Strassenrand.»

Sie klang so entschlossen, dass Till unwillkürlich tat, was sie von ihm verlangte.

«Sie will mit mir reden. Sie meint, ich kann euch nachher alles erzählen. Es scheint für sie wichtig zu sein. Legt doch die Rucksäcke ab und habt ein wenig Geduld», erklärte Till sich seinen Freunden etwas spassig.

Etwas mürrisch legten Phil und die Mädels die Rucksäcke auf den Boden. Ihnen gefiel die Sache weniger. Sofie trug zwar nie eine Uhr, dennoch deutete sie auf ihr Handgelenk, um auf die verstrichene Zeit hinzuweisen.

In der Zwischenzeit setzte sich Till zu Mira. Aus den vielen Schichten ihres Rockes nahm die alte Hebamme einen Beutel mit Dörrbohnen hervor. Sie warf sie zu Boden und beugte sich über diese. Sie betrachtete die Bohnen während einer ewig scheinenden Minute. Ihre Stimme schien ungewöhnlich, etwas entfernt und stumpf, als sie zu erzählen begann. Till blieb die Spucke weg, als er aus dem Mund dieser fremden Frau seine Lebensgeschichte hörte. Sie wusste einfach alles über ihn und seine Familie! Sachen, die sie eigentlich nicht hätte wissen können. Sachen wie, dass Till mit Haar und Zähnen auf die Welt kam, oder dass sein Vater in Siebenbürgen geboren war und nun in Deutschland lebte. Dass seine Grossmutter mutterseits Kräuter sammelte und damit allerlei Krankheiten heilte. Oder dass er auf diese Reise gar nicht erst mit wollte. Voller Faszination lauschte Till Miras Erzählung zu, während sie langsam in die Gegenwart überschweifte und auf die Zukunft wies. Ihr Blick glitt von Till auf seine ungeduldig wartenden Freunde und wieder auf ihn zurück. Sie packte Tills Handgelenk mit einem festen Griff und sah ihm tief in die Augen. Ihre blaugrünen Augen leuchteten gelblich auf. Till kam es vor, als würde die alte Frau in seine Seele hineinblicken.

«Ob sie meine Gedanken lesen kann?», dachte er kurz.

«Deine Freunde! Sie waren dir gute treue Freunde, vergiss das niemals! Doch es wird seine Zeit dauern, bis sie dich verstehen werden!», sagte die Frau warnend.

Till verstand Miras Aussage nicht.

«Was soll das bedeuten, sie waren Freunde? Sie sind es doch noch!», dachte sich Till. «Was plappert diese alte Frau zusammen? Die hat doch keine Ahnung!»

Er wollte seine Arme aus Miras Griff befreien, doch die Frau hielt ihn fest.

«Hab keine Angst!» Sie verstand Tills Zweifel und wollte ihn beruhigen: «Du wirst bald verstehen, warum ich dir das gesagt habe. Jeder Mensch hat eine Aufgabe. Auch du und auch deine Freunde.»

Till gewann sein Selbstvertrauen wieder und empfand die vorgehende Aussage der alten Frau nicht mehr so tragisch. Er lächelte die Frau an und deutete mit einem Blick zu seinen Freunden hin an, dass er jetzt wieder zu ihnen wollte. Die Frau nickte.

«Du bist die Hoffnung von Millionen!», sagte sie zuletzt. «Ich bin froh, dass ich dich kennen lernen durfte, Attila Regös!», sagte sie voller Stolz.

Ein kalter Schauer überkam Till, als er diese Worte hörte. Woher kannte die Frau seinen vollen Namen, er hatte ihn ihr gegenüber nie erwähnt, oder doch? Leicht schwindlig war es ihm, als er zu seinen Freunden zurückkehrte.

«Und was wollte sie?», fragte Phil mit zynischer Neugier.

Till riss sich wieder zusammen und winkte der alten Frau zu, die sich bereits auf den Weg gemacht hatte.

«Was hat sie gesagt? Du warst bleich?», hakte Sofie bei ihrem Freund nach.

«Ich glaube, sie ist eine Wahrsagerin. Sie wusste alles von meiner Familie und von mir. Sogar meinen Namen, ohne dass ich ihn ihr gesagt hätte.»

Sofie fand die Sache sehr spannend und wollte alles wissen, was die alte Frau gesagt hatte. Sie war begeistert und wollte zugleich herausfinden, ob das ganze vielleicht nur ein Trick war. Nina bedauerte es zutiefst, dass die Bettlerin ihr die Zukunft nicht vorausgesagt hatte. Dabei hätte sie so gerne gewusst, wie ihre Zukunft aussieht. Sie konnte sich nämlich nicht entscheiden, was sie an der Uni studieren sollte. Sollte sie Rechtswissenschaften oder Wirtschaft als Hauptfach wählen? Wenn ihr doch nur jemand die Entscheidung abnehmen könnte.

Phil glaubte nicht an so etwas, für ihn war das alles Humbug. Er war sich sicher, dass Mira mit irgendwelchen billigen Tricks arbeitete, daher begann er sich Sorgen zu machen, ob sie vielleicht bestohlen wurden. Nach einer gründlichen Gepäckkontrolle erwies sich aber alles als vollständig vorhanden. In der Brusttasche seines T-Shirts fand Till eine Bohne mit einem Zeichen darauf. Sofie erkannte sofort, dass es sich dabei um eine Rune handelte.

«Behalte sie, sie bringt dir sicher Glück!», sagte sie weise.

Phil ist hungrig geworden und schlug vor, gleich vor Ort zu picknicken. Die vier Freunde schauten neugierig auf der Karte nach, wie weit sie schon gewandert waren. Mit Enttäuschung stellten sie fest, dass sie in den letzten beiden Tagen weniger als zwanzig Kilometer hinter sich liessen. Nach einer kurzen Pause machte sich die kleine Truppe wieder auf dem Weg. Sie folgten der Hauptstrasse bis zum Fluss Mures. An der ersten Brücke überquerten sie den Fluss und folgten ihm weiter auf der anderen Uferseite. Dieser Weg wirkte einfacher als der Pass, welcher nach Süden durch die Berge führte. Nach gut drei Stunden Marsch führte Till die Truppe aber trotzdem in Richtung Süden. Ein Pfeifen hallte durch die Gegend, das von einem Zug stammen musste.

«Kommt!», schrie Phil und rannte los. Die anderen folgten ihm, obwohl sie nicht genau wussten, welche Schnapsidee Phil wohl diesmal hatte. Die Freunde erblickten einen langsam voran trottenden Güterzug. Phil rannte auf den Zug zu und sprang auf einen offenen Güterwagon. Till und Sofie folgten seinem Beispiel und sprangen mit einem Schwung ebenfalls auf den Zug.

«Das nenn ich Abenteuer! Ich wollte schon immer mal so etwas machen», rief Phil begeistert.

Nina allerdings rannte nicht schnell genug und verpasste die Mitfahrgelegenheit.

«Wartet auf mich, lasst mich hier nicht allein!», rief sie verzweifelt.

Die anderen sahen sich ratlos an. Schliesslich sprang Till wieder vom Zug hinunter, denn
er fühlte sich verantwortlich für seine Freunde
und wollte Nina nicht alleine lassen.

«Fahrt weiter nach Hermannstadt, wir tref-
fen uns dann dort!», rief er den beiden
Schwarzfahrern zu und wartete auf Nina.

Sie rannte auf ihn zu. Sie hatte Tränen in den
Augen und glühte vor Wut, aber sie war auch
sehr dankbar dafür, dass Till sie nicht im Stich
gelassen hatte. Hermannstadt war auch zu Fuss
nicht mehr allzu weit, schon bald konnten sie
die bunten Häuser in sächsischem Stil erkennen. Diese Stadt war im Gegensatz zu den bis-
her gesehenen Städten nicht so bedrückend und
grau. Phil und Sofie warteten auf dem Bahnhof
auf die beiden Fussgänger. Nina war etwas eingeschnappt, da sie dachte, die beiden hätten sie
auch allein in der Pampa sitzen gelassen. Dem
war aber nicht so. Da ihre Vorräte bereits ge-
schrumpft waren führte ihr Weg in einen Le-
bensmittelladen. Dort wollten Sie genügend
Süssigkeiten einkaufen, da diese nicht so
schwer und doch sehr sättigend sein konnten.

«Ihr solltet hausgemachte Schokolade kaufen, die ist sehr fein und schmilzt nicht so schnell.», sagte ein junger Mann zu Nina.

Sie war ganz überrascht darüber, dass der Mann fliessend deutsch sprach. Sein Akzent hörte sich zwar etwas merkwürdig, aber durchaus sympathisch an. Sie begann mit ihm zu plaudern und es stellte sich bald heraus, dass er Pali hiess und als Lastwagenchauffeur in Richtung Fogarasch unterwegs war. Da war die Versuchung doch zu gross, um nicht um eine Mitfahrgelegenheit zu bitten.

«Wir sind nicht weit gekommen die letzten paar Tage und ich bin müde und mag nicht mehr!», sagte Nina und sah ihre Freunde mit einem bettelnden Blick an.

«Wir wollten doch Wandern!», protestierte Sofie, doch Nina liess sich nicht unterkriegen.

«Ah ja, bist du nicht erst kürzlich mit dem Zug unterwegs gewesen, während ich zu Fuss die Strecke hinlegte?»

Phil wollte sich aus der Affäre ziehen, aber Till hielt es für besser, die Entscheidung den anderen abzunehmen.

«Fangt jetzt ja nicht an zu streiten, ihr zwei! Wir können ein wenig mit dem Mann mitfahren Richtung Fogarasch. Dort ist es nämlich sehr schön und es wäre schade, auf die Aussicht zu verzichten.

«Das ist wahr!», beteiligte sich Pali am Gespräch. «Kommt mit mir mit und ich setze euch an einer geeigneten Stelle wieder ab.»

Und so geschah es dann auch. Die vier Touristen nahmen hinten auf der Ladefläche des Kleinlasters Platz und schauten unter der Abdeckung hervor. Sie kamen nur langsam vorwärts, da Pali des Öfteren bei einem Laden halten musste, um Waren auszuladen, oder, was noch öfters der Fall war, um bei irgendwelchen Leuten irgendwelche Sendungen von deren Verwandten aus der Ferne zu überreichen oder eben irgendwelche Pakete mitzunehmen. Es schien, als würde der Lastwagenfahrer unzählige Menschen kennen und überall schien er sehr willkommen und beliebt zu sein. Immer mehr Päckchen gelangten auf die Ladefläche. Nach einem solchen Halt wurden die vier Reisenden auf merkwürdige Geräusche aufmerksam.

«Was ist das?», fragten sie einander.

Die beiden Frauen konnten ihre Neugier nicht stoppen und begannen, die Päckchen vorsichtig zu untersuchen. Kreischend stellten sie fest, dass in einem der Pakete ein lebendiger Hase und in einer anderen Schachtel drei an den Füssen gefesselte Hühner waren.

«Na dann ist das Abendessen auch schon klar.»

Phil wollte sich wieder einmal als Witzbold präsentieren. Auch Till wollte sich einen Scherz leisten, doch ehe er ein Wort herausbrachte, verwandelten sich die beiden Frauen zu aktiven Tierschützerinnen.

«Das ist ja Tierquälerei!», stellte Sofie mit Entsetzen fest. «So kann man sie doch nicht transportieren!»

Nina war nicht nur ganz Sofies Meinung, nein, sie hatte sogar die glänzende Idee, die Tiere zu befreien.

«Halt!», rief Phil dazwischen, «Pali hat uns aus Gefälligkeit mitgenommen. Wir können ihn nicht in Schwierigkeiten bringen, indem wir diese Tiere freilassen. Und glaubt nicht, dass die Tiere, die in unseren Fleischwarengeschäften landen, glücklicher waren als diese!»

«Da muss ich Phil zustimmen», sagte Till. «Die Tiere tun mir auch leid, aber das ist nicht unsere Sache.»

Till sah die Sache nun als erledigt an und wollte sich zurücksetzen, doch ehe er sich versah, sass Sofie auf seiner Brust und drückte ihn bedrohend zu Boden.

«Was soll das, ist das etwa eine Männerverschwörung? Gut, Pali soll keine Unannehmlichkeiten haben, aber wir müssen den Tieren irgendwie helfen.»

Nun waren alle vier bereit eine Lösung zu finden, doch sie kamen nur auf absurde Ideen.

«Tatsache ist, dass diese Tiere so oder so nicht mehr allzu lange leben werden, ob wir sie nun freilassen oder nicht. In der Wildnis würden sie innert kürzester Zeit von einem Fuchs oder von einem Wolf gefressen werden. Schliesslich sind sie Haustiere und können nicht für sich selbst sorgen. Diese Tatsache mussten alle anerkennen.

«Hier hat es genügend leere Schachteln. Lasst uns doch wenigstens dafür sorgen, dass die Tiere eine bequemere Reise haben!»

Diese Idee gefiel allen und sie begannen aus den herumliegenden Kisten «Luxuskäfige» zu basteln. Als der Laster wieder stoppte und Pali die Abdeckung aufklappte blickte er erstaunt auf das Konstrukt der Tierschützer.

«Sorry», sagte Nina mit einem verlegenen doch charmanten Lächeln.

«Ich verstehe schon! Gott sei Dank habt ihr sie nicht freigelassen. Ihr glaubt es vielleicht nicht, aber ich hatte schon Leute mitgenommen, die so etwas getan haben. Ihr könnt euch denken, wie unangenehm es dann für mich wurde. Ich musste eine Ausrede erfinden und den Schaden begleichen.»

Die vier Freunde sahen sich verstohlen an und waren nun froh darüber, dass sie aus lauter Tierliebe nichts Unrechtes getan haben.

«So, nun her mit dem Vieh. Hier sind sie zu Hause!», sagte der Mann schmunzelnd.

Die Jungs halfen ihm die Pakete auszuladen. Zehn Minuten später ging die Reise mit dem Kleinlaster weiter. Das Fahrzeug wurde plötzlich etwas schneller und von draussen konnte man das Hupen von Autos hören. Der Wagen fuhr unruhig und scherte hinten mal rechts mal links aus. Die vier Passagiere mussten sich gut festhalten, damit sie nicht auf der Ladefläche herumgeschleudert wurden. Auf diese Weise ging die Reise eine ganze halbe Stunde weiter. Nina hatte einen etwas empfindlichen Magen, ihr wurde es schnell übel. Endlich kam das

Auto zum Stillstand und Pali öffnete die Abdeckung.

«Na, ich hoffe ihr seid nicht zu sehr durchgeschüttelt worden auf der Autobahn.»

Dass dies eine Autobahn gewesen sein soll, konnten die vier kaum glauben.

«Wenn ihr Wandern möchtet, dann steigt hier am besten aus. Von hier aus fahre ich nach Süden weiter», sagte der freundliche Mann mit seinem herzerwärmenden Akzent.

Nach der unbequemen Reise war es für die vier Freunde eine Erlösung, wieder draussen zu sein und auf sicherem Boden zu stehen. Als sie aus dem Transporter gestiegen sind, mussten sie ihre Augen zusammenkneifen, denn sie hatten sich an die Dunkelheit im Laster gewöhnt und nun wurden sie von der Sonne geblendet. Sofie holte tief Luft und streckte sich. Auch Nina fühlte sich wieder besser. Sie bedankten sich bei Pali für die Mitfahrgelegenheit und steckten ihm etwas Geld zu. Er nahm die Spende mit Selbstverständlichkeit an. Man muss nämlich wissen, dass das Fahren mit Autostopp in Siebenbürgen gängig ist, jedoch ist es üblich, dafür etwas zu bezahlen.

Mit Faszination betrachteten die Touristen die Berge, welche sie nun umgaben. «Das ist schon das Fogarasch-Gebirge», sagte Pali voller Hingabe zur Natur. Er erklärte seinen neuen Bekannten den Weg und verabschiedete sich mit einigen guten Wünschen relativ rasch.

«So, dann wollen wir mal diesen kleinen Hügel besteigen», sagte Till etwas ironisch in Anbetracht des hohen Gebirges.

«Wohin die Eile? Heute sind wir ja schon weit gekommen! », sagte Nina etwas scherzhaft.

Von der geteerten Strasse konnten sie schon bald auf einen Eselspfad abbiegen. Dem folgten sie eine Weile, bis sie einen schmalen Trampelpfad den Berg hinauf entdeckten. Dieser führte sie zu einem Wald, dort hörte der Weg plötzlich auf. Die vier Touristen mussten sich in das Dickicht begeben. Die Zeit verging wie im Fluge und die Wanderer fühlten sich allmählich erschöpft. Auch die Abenddämmerung rückte immer näher.

«Wir müssen uns beeilen, wenn wir nicht im Stockdunkeln durch den Wald irren wollen», sagte Sofie etwas nervös.

«Ich dachte, du wolltest Abenteuer!», ärgerte Till seine Freundin, obwohl er das Zelt auch lieber an einer Lichtung hätte aufstellen wollen als inmitten des dunklen Waldes.

Die vier begannen etwas schneller und schneller zu gehen, nicht einmal Nina liess auf sich warten, doch der Wald schien kein Ende zu haben und es wurde immer dunkler um sie herum. Zwar wollte keiner von ihnen im Wald übernachten, doch schliesslich mussten sie sich niederlassen, ehe sie nicht einmal mehr ihre Nasenspitzen sehen konnten. An einer einigermassen ebenen Stelle stellten die beiden Mädchen das Zelt auf, während die Jungs wie üblich auf Brennholzsuche gingen. Es war noch nicht vollkommen dunkel als die Vögel aufhörten zu zwitschern. Diese Stille wirkte unheimlich und beunruhigend. Nur das Feuer schien der Truppe etwas Halt und Geborgenheit zu bieten. Wortlos sahen sie den funkelnden Flammen zu und versuchten ihren Missmut zu verbergen. Dies gelang keinem der Vier wirklich gut. Einmal zuckte der eine, dann der andere zusammen, sobald irgendwo etwas knackte. Eine tiefschwarze Nacht legte sich über den Wald. Es war vermutlich bewölkt, denn es kam kein Mondlicht durch. Nicht einmal Mücken sammelten sich um das Feuer, was den Touristen einerseits recht war, dennoch unheimlich erschien. Das Fleisch brauchte sehr lange, bis es durchgebraten war, da die Jungs nur wenig Glut auf die Seite ziehen konnten, denn die Frauen befürchteten, dass das Feuer ausgehen könnte.

«Was war das?», schreckten alle zusammen.

Ein Heulen war von der Ferne zu hören.

«Hier gibt es Wölfe, nicht wahr?», fragte Sofie voller Angst. «Hier im Fogarasch gibt es doch Wölfe!?»

Till wusste nicht, wie er sie beruhigen sollte, doch er versuchte es:

«Ah, der war doch ziemlich weit weg. Ausserdem kriegen die sicher besseres als Menschenfleisch zu fressen.»

Till antwortete mit vorgetäuschter Sicherheit, dabei hat er sich beinahe selbst in die Hosen gemacht.

«Ich geh ins Zelt schlafen», sagte Sofie entschieden, bewegte sich aber nicht einen Millimeter vom Fleck.

«Oh gut, dann kann dich der Wolf aus dem Zelt und aus deinem Schlafsack auspacken, als wärst du ein Weihnachtsgeschenk. Da wird er sich ja freuen», scherzte Phil woraufhin alle schmunzeln mussten.

Nina traute sich nicht sich zurückzuziehen, sie begann vor Angst aber heftig zu zittern.

«Hey, ruhig Blut», sagte Till liebevoll und streichelte ihr über den Rücken. «Mein Vater hat mir gesagt, dass Wölfe wie auch Bären die Menschen meiden. Daher, wenn wir laut sind, werden sie nicht in unsere Nähe kommen. Und vorm Feuer haben die Tiere doch sowieso Angst.»

Das bedeutete aber auch, dass das Feuer die ganze Nacht bewacht werden musste. Daher haben die Vier ausgemacht, dass abwechslungsweise immer zwei Nachtwache schieben werden. Die erste Schicht übernahmen Sofie und Till. Angsterfüllt und mit einem Sackmesser in der Hand kroch Nina in ihren Schlafsack. Sie schlummerte bereits nach kurzer Zeit ein. Auch Phil begann ziemlich schnell zu schnarchen, worüber sich die beiden Wachposten köstlich amüsierten.

«So, dann müssen wir mindestens keinen Lärm mehr verursachen!», sagte Till und zog seine Freundin nahe an sich.

Die ganze Spannung und die Mystik, welche der finstere Wald ausstrahlte, hatten die Gefühle der Verliebten erregt. Sie hatten nur noch Augen füreinander und vergassen dabei ihre Furcht, bis diese vollkommen verschwand. Das Unheimliche verwandelte sich allmählich in etwas Friedliches. Als die Zeit des Schichtwechsels kam, empfanden Till und Sofie das Fortführen der Nachtwache als unnötig. Sie legten ausreichend Holz aufs Feuer damit es noch lange brennen würde und sie zogen sich in das Zelt zurück, ohne dabei ihre Freunde zu wecken. Rasch überkam sie der Schlaf und sie segelten in die Welt der Träume hinüber.

Till stand in seinem Traum an der gleichen Stelle im Wald, wo sie sich niedergelassen hatten. Er fühlte sich angespannt und aufgeregt zugleich. Angst oder Furcht verspürte er jedoch nicht. Seine Freunde waren nirgends zu sehen, doch der ihm in der Wirklichkeit fremde Wald, kam ihm bekannt und vertraut vor. Er bewegte sich in seinem Traum zwischen den Bäumen, als wäre er zwischen ihnen zu Hause. Er näherte sich einer Erhöhung, wo ihn sein Vater erwartete. Er wunderte sich nicht im Geringsten über die Anwesenheit seines Vaters, es erschien ihm selbstverständlich. Der Mann drängte seinen Sohn sich zu beeilen, da ihnen ihre

Verfolger auf den Fersen seien. Er erwähnte eine Schriftrolle, die ihnen abhandengekommen sei. Im Traum verstand Till die Bedeutung der Worte. Er bat seinen Vater ihm zu folgen und führte ihn durch den Wald. Bei einer dicken Eiche stiegen sie rechts einen steilen Hang hinauf. Der Weg war anstrengend. Völlig erschöpft und durstig gelangten sie an die Erhöhung. Von dort aus konnten sie den Rand des Dickichts bereits erblicken. Sie kamen zu einer Lichtung, dort setzte sich Tills Vater auf einen grossen Stein. Till begann über die Identität seiner Verfolger nachzudenken, da wurde es ihm bewusst, dass er träumte. Er wusste, dass dieser Traum bedeutend war und versuchte, deren Aussage zu entschlüsseln. Was hatte es mit der Schriftrolle auf sich und wieso trug sein Vater eine altertümliche Gewandung?

Till erwachte mit ausgetrockneter Kehle. Es war immer noch Nacht, seine Freunde schliefen tief und fest. Er griff nach der Feldflasche, trank und kuschelte sich zurück in seinen Schlafsack. Er schloss die Augen und sah wieder seinen Vater auf dem Stein sitzen. Ihm gegenüber stand ein grosser Braunbär. Interessanterweise hatte Till keine Angst um seinen Vater. Zwischen ihm und dem Tier schien eine vertraute Verbindung zu sein. Der Mann murmelte magische Worte zu dem braunen Riesen und dieser antwortete ihm allen Anschein nach. Till überreichte die Rolle, welche vorher noch als verschollen galt, dem Tier und es liess sie in seinem Fell verschwinden. Dann wackelte der Vierbeiner davon. Als würde er ein Unheil ahnen, rannte Tills Vater dem Tier hinterher. Der Bär wackelte den Hang hinunter als ein Schuss zu hören war. Plötzlich verwandelte sich die Umgebung und Till fand sich zwischen hohen dreckigen Gebäuden wieder. Er fühlte sich unwohl und dreckig. Er suchte nach seinem Vater, doch der war nicht mehr da. Till war sich bewusst, dass er träumt, daher versuchte er den Traum zu verändern und in den Wald zurückzukehren. Er sah einige Bilder von Vorhin erneut, da hörte er wieder einen Schuss. Seine Augenlieder sprangen auf und er blickte im Zelt um sich.

Phil quetschte soeben eine leere Plastikflasche zusammen. Dieses Geräusch hatte Till in seinem Traum als Schuss wahrgenommen. Es waren alle bereits wach. Sofie musste auch erst vor kurzem aufgewacht sein, sie lag noch in ihrem Schlafsack eingekuschelt.

«Warum habt ihr uns nicht geweckt?», fragte Nina ein wenig vorwurfsvoll. «Was wäre passiert, wenn der Wolf…»

«Als hättest du um jeden Preis Wache schieben wollen. Schau, das Feuer brennt ja immer noch», sagte Till. Phil bedankte sich dafür, dass die beiden ihn schlafen liessen.

Till ist aus dem Zelt gekrochen und hat sich im Wald herumgeschaut. Die Umgebung wirkte sich auf ihn ganz anders aus als am Vorabend. Er fühlte sich im Wald heimisch und dieses aufregende Gefühl aus seinem Traum war noch da. Till hat sich zum Feuer gesetzt und war in seinen Gedanken über seinen Traum versunken.

«Was ist los mit dir?», fragte Sofie ihren Freund. «Bist du noch müde? Warum sagst du nichts?».

Till dachte sich, er erzähle, was er geträumt hatte. Weder Sofie noch die anderen fanden Tills Traum besonders spannend. Phil ergriff jedoch die Gelegenheit, um über gruselige Träume zu berichten. Diese fanden bei den Mädchen durchaus mehr Anklang, wobei Nina bemerkte, dass sie abends keine solchen Geschichten hören möchte.

Nachdem sie ihre sieben Sachen gepackt hatten, machten sich die Vier auf den Weg.

«Hoffentlich kommen wir bald aus dem Wald heraus», bemerkte Sofie.

«Hoffentlich laufen wir nicht direkt in die Fänge eines Wolfrudels», sagte Phil wie immer zum Scherzen aufgelegt.

Till führte die Truppe an und seine Freunde bemerkten, dass er sich im Wald bewegte, als würde er den Weg kennen. Plötzlich blieb Till wie erstarrt vor einer dicken Eiche stehen.

«Hier müssen wir rechts hoch», sagte er selbstsicher. «Genau von dem Baum habe ich geträumt.»

Phil behauptete, dass es bereits mehrere solche Bäume gab und Nina war überzeugt, dass sie weiterhin geradeaus hätten gehen müssen. Till schien sich aber seiner Sache so sicher zu sein, dass die anderen die Entscheidung ihm überliessen. Sie mussten einen sehr steilen Hang hinaufsteigen, was dazu führte, dass sie öfters eine Pause einlegen mussten. Als sie die Baumgrenze sahen und der Wald nicht mehr endlos zu sein schien, holten sie erneut Schwung.

«Schaut dort!» flüsterte Phil. Till folgte Phils Blick und begann an seinem Verstand zu zweifeln. Die beiden Mädchen erstarrten vor Furcht, denn sie sahen ein felliges Ungetüm.

«Was sollen wir jetzt machen? », fragte Nina flüsternd.

«Wir müssen abwärts rennen, wenn er uns angreifen will. Bären können abwärts nur langsam rennen», erwiderte Sofie.

Es wäre natürlich besser gewesen, wenn die Mädels still geblieben wären. Der Bär wurde auf das Geschwätz aufmerksam, blickte die Menschen an und stellte sich auf die Hinterbeine.

«Los, jetzt müssen wir rennen, er will uns angreifen! », rief Phil.

Doch als hätten sie Wurzeln geschlagen traute sich keiner, sich vom Fleck zu rühren. Der Bär lehnte sich an einen dicken Baumstamm und rieb seinen Rücken daran. Die vier Freunde wussten nicht, ob sie jetzt lachen oder immer noch Angst haben sollten. Phil verlor sein Gleichgewicht und trat zufällig auf einen trockenen Ast. Dieser knarre und der Bär wurde erneut auf die vier Menschen aufmerksam. Er machte einen Schritt auf zwei Beinen,

brüllte die Menschen an, liess sich dann auf
alle Viere nieder und wackelte gemütlich davon.

«Puh, wir hatten Glück", meinte Phil erleichtert, nachdem der Bär ausser Sichtweite
war.

«Dann sollten wir jetzt wieder nach unten,
das ist sicherer. Dorthin kann der Bär uns nicht
folgen», schlug Nina vor.

Von ihrem jetzigen Standort konnten sie
aber schon erkennen, dass sich der Wald unendlich in die Länge zog.

«Willst du noch eine Nacht im Wald verbringen?», fragte Till. «Ich gehe auf jeden Fall
hoch auf die Lichtung», sagte Till und lief los,
als würde er geführt werden.

Sofie gefiel es überhaupt nicht, dass Till ei-
genmächtig entschied, die Lichtung hörte sich
aber gut an.

Sie stiegen in ein ausgetrocknetes Bachbett
in die Höhe. Als die Bäume rarer wurden, erkannten sie ein seltsames Gebilde. Ein Mono-
lith in der Form eines Adlerkopfes schien auf
sie zu blicken. Auf der anderen Seite lehnten
sich zwei Tannenbäume aneinander und bildeten somit den Anblick eines gotischen Tors.

«Das ist ein Kraftort», sagte Phil überzeugt, die anderen nickten voller Einverständnis. «Ich habe davon gelesen. An solchen Orten ist die Erdstrahlung besonders stark.»

«Gibt es an solchen Orten nicht auch Geisterwesen?», fragte Sofie mit flüsternder Stimme.

«Das weiss ich nicht. Es war interessant darüber zu lesen, aber ich dachte nicht, dass es so etwas wirklich gibt», antwortete Phil.

«Für Völker mit starkem Naturbezug war das nie fraglich. Ich weiss nicht, was wahr ist, aber ich schlage vor, dass wir hingehen und das Ganze auf uns wirken lassen. Wir sollten offen sein», schlug Till vor.

«Ich habe aber Angst vor Geister», sagte Nina.

Normalerweise hätten ihre Freunde sie deswegen ausgelacht oder auf die Schippe genommen, aber diesmal hatte das keinen Platz. Die Mädchen hielten sich an den Jungs fest und gingen voller Ehrfurcht auf dieses besondere Naturwunder zu.

«Spürt ihr das?», fragte Nina als sie unter das von den beiden Tannen gebildete Tor durchgingen.

Eine Antwort war aber nicht nötig. Ein wohliges Gefühl war auf den Gesichtern der vier zu erkennen. Als würde ein Feuer in ihnen lodern und sie weiter antreiben. Sie steuerten auf den adlerkopfförmigen Monolithen zu, als würde dieser sie magisch anziehen. Umso näher sie zum Stein kamen, umso heftiger wehte der Wind. Es war ein kühlender, angenehm erfrischender Wind. Sie fühlten sich wie betäubt, ein wenig schwindlig und doch überaus wohl.

Sofie kam als Erste zu sich, bald darauf kehrte auch bei den anderen der normale Zustand wieder ein. «Ich glaube mein Blutdruck war im Keller, mir ist immer noch schwindlig», sagte Nina mit dünner Stimme.

«Meiner auch, Ninchen. Kam euch das Ganze auch so surreal vor?», fragte Sofie ihre Freunde.

«So etwas habe ich noch nie erlebt, zumindest nicht im nüchternen Zustand», gestand Till. «Mein Körper fühlt sich immer noch kribbelig an.»

«Was für ein geniales Gefühl», schwärmte Phil immer noch etwas benommen.

Belustigt setzte er sich ins Gras. Auch die anderen setzten sich und sie beschlossen vor Ort zu picknicken. Sie sprachen noch eine Weile über diese spezielle Erfahrung. Später philosophierten sie darüber, ob der Stein wohl schon immer so ausgesehen habe, oder ob er vor vielen Jahren von irgendwelchen Höhlenmenschen so geformt worden war.

Sie führten ihren Weg durch die Lichtung weiter. Sie gingen eine Weile abwärts und plötzlich standen sie wieder vor einem Felsen.

«Was jetzt? Steigen wir hinauf?», fragte Phil und versuchte hinaufzuklettern.

Nach wenigen Versuchen gab er auf, die Kletteraktion erwies sich als zu schwierig. Sofie wollte sich im Bergsteigen aber auch beweisen. Sie warf ihren Rucksack ab und begann den Felsen hochzuklettern.

«Hör auf, Sofie, du hast keine Chance», sagte Phil, überklug. «Nicht mal ich habe es geschafft und du bist noch viel schwächer als ich.»

Diese Aussage hat Sofies Willen nur gestärkt. Sie wollte es Phil zeigen und kletterte wie eine Spinne die Felswand hoch. Schnell hatte sie Phils Rekordhöhe erreicht. Till und Nina ermunterten sie, doch als sie dann schon ca. drei Meter hochgestiegen war, begann Till sich Sorgen zu machen.

«Komm wieder runter, Sofie, es wird langsam gefährlich.»

Sie wollte nicht hören und stieg noch höher.

«Bitte, Sofie, du bist schon sehr hoch und wenn hier etwas passiert, dann kann uns niemand helfen», flehte Nina ihre Freundin an.

«Schon gut, keine Panik. Ich könnte jederzeit einfach herunterspringen», erwiederte Sofie.

Erst jetzt blickte sie nach unten. Ihr wurde schwindlig. Sie wusste, dass man beim Bergsteigen nicht nach unten schauen sollte. Sie wusste es, denn sie ging eine Zeit lang regelmässig Klettern. Allerdings war das vor einigen Jahren.

«Alles ok, Schatz?», fragte Till etwas besorgt.

«Ja, ich habe nur nicht bemerkt, dass ich schon so hoch bin», antwortete sie, während sie sich an die Wand lehnte, um ihr Gleichgewicht wieder zu erlangen.

Sie bat Till darum, ihr genau zu sagen, wohin sie ihren Fuss setzen muss, um abzusteigen. Auf diese Weise gelang es ihr recht gut. Sie war schon fast ganz unten, als sie ausrutschte. Sie stürzte höchstens einen Meter tief, doch sie schlug sich ihr Knie dabei auf. Wie ein Kleinkind begann Sofie zu weinen. Ihre Freunde wussten nicht, wie schlimm die Verletzung sein mochte, sie sahen nur das ihr Knie blutete. Till legte instinktiv seine Hände über Sofies Knie, woraufhin Sofie sofort aufhörte zu weinen. Nina gab ihm ein Taschentuch, um das Blut abzuwischen. Sofie blickte Till mit grossen Augen an, sagte aber nichts. Sie versuchte aufzustehen und als sie sah, dass sie nur eine Schürfung hatte, trat sie ein wenig hinkend vor Phil.

«Na, Kumpel? Wer ist die Grösste, wenn es ums Klettern geht? Wer ist stärker?»

Phil kniete vor Sofie nieder und sagte ergebungsvoll wie in einem schlechten Film:

«Ihr seid die Göttin der Bergkletterer, Miss Sophie.»

Wettkämpfe waren zwischen Sophie und Phil etwas Rituelles. Sie forderten sich ständig heraus und huldigten einander anschliessend.

Die vier Freunde liefen noch eine Weile der Felswand entlang, in der Hoffnung, dass sie irgendwo besser überwindbar werden würde. Es sah leider nicht gut aus, denn die Felswand war nach wie vor steil und nebendran verlief ein dichter Wald. Nach ihrer Begegnung mit dem Bären hielten es die Vier für sicherer, wenn sie der Felswand entlanggingen.

«Hier sehen wir zumindest, wenn etwas auf uns zukommt", sagte sich Nina immer wieder zur Beruhigung.

Doch der Wald rückte immer näher, bis ihnen keine andere Option blieb, als wieder durch den Wald zu wandern. Zu aller Erleichterung gelangten sie nach kurzer Zeit aus dem Wald auf einen Hügel. Die Wiese leuchtete in hellem Grün, geziert mit weisslich glänzenden Steinen. Um sie herum bildeten die Berggipfel einen Kranz. Im Tal unter ihnen spiegelte ein kleiner See die weissen Wolken am Himmel wider. Der Ausblick war wunderschön. Für die Nacht suchten sich die vier Freunde einen Platz weit weg vom düsteren Wald.

«Machen wir ein Feuer", sagte Phil.

Die zwei Jungs sind somit auch losgelaufen, um Holz zu sammeln, während die Mädchen die Lebensmittelreste sortierten. Es war nicht mehr allzu viel.

«Schau mal!», rief Till begeistert.

Er zeigte hinter einen Stein auf etwas Weisses.

«Da ist unser Abendessen.»

Phil schüttelte den Kopf.

«Sollen wie einen Stein essen, wie die Riesen in den Märchen?», scherzte er, doch Till war schon auf dem Weg zu den Mädchen.

«Schaut her, das ist ein sehr feiner Pilz. Ich kann mich sehr gut daran erinnern. Als ich ein Kind war, fanden wir mit meinem Vater einen solchen Pilz. Meine Mutter hat ihn in Scheiben geschnitten und paniert. Es hat geschmeckt wie Fleisch.» Till konnte nicht aufhören zu schwärmen, doch seine Freunde wirkten skeptisch.

«Du willst uns doch nicht vergiften?», fragte Phil, der Scherzkeks.

Till musste Überzeugungsarbeit leisten, doch der Hunger hatte dann gesiegt.

«Gut, gut wir essen deinen Pilz, aber holt doch endlich Holz», lenkte Nina schliesslich ein.

Komplimente für den feinen Pilz gab es nach dem Essen reichlich.

Stillschweigend betrachteten die vier Freunde, wie die Sonne am Horizont verschwand. Sie hatten einen aufregenden Tag erlebt. Tills Traum, die Begegnung mit dem Bären, der Kraftort, Sofies Bergsteigaktion und dann ein köstliches Abendessen. Entspannt und zufrieden schlummerten sie neben dem Feuer ein. Nina erwachte wegen Phils Schnarchen. Es war tiefschwarze Nacht. Das Feuer war ausgegangen, nur noch etwas Glut war vorhanden.

«Hey Leute, es ist Nacht. Wir sollten besser ins Zelt gehen.»

Nina konnte nur Sofie wecken. Die Jungs schliefen tief und fest.

«Lassen wir sie hier draussen. Phils Schnarcherei schreckt ohnehin jedes Tier ab», sagte Nina.

Till schien zu träumen. Er murmelte im Traum unverständliche Worte und zappelte hin und her. Ein müdes Lächeln konnten sich die Mädchen nicht verkneifen, doch für mehr hatten sie keine Kraft mehr. Sie deckten die Jungs zu und gingen ins Zelt.

Till schlief sehr unruhig, er träumte erneut von seinem Vater. Sie standen vor einer Menschenmenge, welche bedrohlich auf seinen Vater zusteuerte. Mit einigen Verbündeten stellte sich Till ihnen in den Weg und versuchte, die Menschen zu stoppen. Selbst seine Freunde befanden sich in der angreifenden Menge. Till redete auf sie ein, doch keiner wollte ihn verstehen. Er und sein Vater wurden gefangengenommen und verschleppt. Plötzlich fühlte er sich ganz einsam. Er fand sich in einer dunklen Zelle wieder. Dort war es feucht und roch unangenehm. Er versuchte sich an einer Wand entlangzutasten. Er fror und fühlte sich sehr unwohl.

Die Mädchen hörten Tills Seufzen und beschlossen, ihn doch aufzuwecken. Das war gar nicht so einfach. Als er zu sich kam, blickte er vorwurfsvoll auf seine Freunde. Allmählich realisierte er, dass er nur geträumt hatte, trotzdem hatte er Mühe, das Vertrauen in seine Begleiter wiederzufinden. Auch Phil erwachte und als er Tills Gesichtsausdruck sah, konnte er sich das

Lachen nicht verkneifen: «Ich glaube, der Pilz
hatte es doch in sich, du siehst aus als wärst du
auf Drogen», sagte er belustigt und da mussten
auch die beiden jungen Frauen schmunzeln.
Till stand ohne ein Wort zu sagen auf und verschwand im Zelt. Als seine Freunde zur Ruhe
kehrten, schlief er schon wieder tief und fest.

Sofie dachte noch eine Weile über Tills
Traum und sein Benehmen in der letzten Zeit
nach. Er war seit Tagen wie ausgewechselt.

«Was ist mit dem lustigen, ein wenig ego-
zentrischen, aber immer sehr vorsichtigen
Mann passiert?»

Normalerweise gab er ihr immer Rückhalt
und jetzt schien er verletzlich und emotional zu
sein. Sofie war nicht ganz unglücklich über
diese Wandlung, denn sie hatte sich manchmal
über seine besserwisserische Art genervt. Das
Ganze fühlte sich trotzdem nicht gut an. Till
war wie ferngesteuert. Er lag neben ihr und
schien trotzdem so weit weg zu sein. Sie kuschelte sich an ihn und versuchte dieses
schlechte Gefühl loszuwerden.

Schon am frühen Morgen weckte das Gezwitscher der Vögel die vier Wanderer. Phil fühlte sich hervorragend und sprang wie ein Indianer um das Zelt herum. Auch Nina war sehr munter. Sofie fühlte sich aber nach wie vor bedrückt. Sie wollte Till nicht mit ihrer Laune belasten, da auch er sehr fröhlich und gut gelaunt zu sein schien. Er summte vor sich hin, während er seinen Schlafsack zusammenrollte. Als er sah, dass Sofie nur vor sich hinstarrt, ging er auf sie zu.

«Was hast du denn, mein Schatz?», fragte er fürsorglich.

«Ich habe nur schlecht geschlafen», flunkerte Sofie, fragte dann aber trotzdem nach, was Till letzte Nacht geträumt hatte.

Till konnte sich an nichts erinnern, er sagte aber zu Sofie:

«Weisst du, ich habe das Gefühl, als würde ich irgendeinen Lernprozess durchmachen. Ich fühle mich manchmal, als hätte ich Superkräfte. Na komm, lach mich endlich aus!», forderte er seine Freundin auf, die daraufhin ihren Mund doch noch zu einem Lächeln verzog.

«Vielleicht stimmt es ja. Als du deine Hände gestern auf mein verletztes Knie gelegt hast, wurden deine Hände sehr heiss und mein Knie begann zu kribbeln», gab Sofie zu. Till versuchte seine Verunsicherung mit einem Scherz wettzumachen.

«Ich bin eben ein heisser Typ.» Sofie fand den Spruch zwar nicht so lustig, doch für einen Moment war Till wieder wie früher.

Plötzlich kreischte Nina laut hinter dem Zelt:

«Das war unsere letzte Flasche Wasser, du Vollidiot!», schrie Nina wütend Phil an.

Sie wandte sich zu Sofie und Till:

«Phil hat unsere letzte Flasche Wasser ausgeleert. Nur um sich zu erfrischen. Und wir dürfen jetzt verdursten», sagte sie wütend und verzweifelt.

Till blickte zu den beiden Frauen rüber und boxte Phil in den Arm.

«Das hast du toll gemacht, Kumpel.»

Phil fühlte sich etwas unwohl.

«Das kann gar nicht sein. Da war doch noch eine Flasche neben dem Feuer.»

Alle wandten ihren Blick auf die leere Flasche, welche Nina somit vom Boden auflas.

«Naja, vielleicht hatte Peter Recht und alles wird gut», sagte Sofie beruhigend.

Till fragte nach, was sie wohl damit meinte.

«Dein Vater sagte immer, dass man früher nur einen Stock in den Boden schlagen musste, und schon sprudelte das Wasser hoch oben in den Karpaten.»

Till zog seine Augenbrauen hoch:

«So einen Quatsch glaubst du wohl nicht?»

Trotzdem dachte sich Phil, dass es ein Versuch wert sei und machte sich auf die Suche nach einem geeigneten Stecken. Es dauerte eine Weile bis er einen genug langen und festen Stock gefunden hatte. Leider konnte er diesen aber nicht tief genug in die Erde schlagen und somit scheiterte sein Versuch. Hastig packte Nina ihre Sachen zusammen und auch die anderen folgten ihr und machten sich auf den Weg.

Als sie den Abhang herunterliefen, wurden die vier Freunde immer durstiger. Zu wissen, dass sie nichts mehr zu trinken haben, trug dazu bei, dass ihr Durstgefühl immer unerträglicher wurde. Instinktiv pflückte Till eine Wacholderbeere und begann diese zu kauen. Er bot auch den anderen eine an. Wie immer zögerte Nina ein wenig, doch schliesslich versuchte sie auch eine. Sie bemerkte, dass die Beere ihr Durstgefühl ein wenig zu stillen vermochte. Eine Weile wanderten die vier weiter, ohne ein Wort miteinander zu wechseln. Der See im Tal wirkte einladend, doch unendlich weit. Plötzlich änderte Till die Richtung.

«Kommt mir nach, ich höre etwas plätschern.»

Tatsächlich fanden sie ganz in der Nähe eine Quelle. Das Wasser prasselte aus einem verrosteten Stahlrohr hinaus.

«Was meint ihr, ist das Trinkwasser?», fragte Phil, doch ohne die Antwort abzuwarten, begann er daraus zu trinken.

Die Mädchen waren noch etwas zögerlich, doch unerwartet tauchte ein Mann mit vier leeren Flaschen auf. Er füllte diese mit dem Mineralwasser und begann, aus einer Flasche genüsslich zu schlürfen. Nina hatte nun keine Zweifel, sie füllte eine Flasche und begann zu trinken. Die anderen taten es ihr gleich. Sofie bemerkte:

«Schmeckt irgendwie nach Blut, findet ihr nicht auch?» «Weil es sehr eisenhaltig ist»,

antwortete Till und fügte hinzu: «Mir schmeckt
es aber irgendwie.»

Erfrischt und wieder vollkommen zufrieden
kehrten die vier Touristen wieder zurück auf ihren ursprünglichen Pfad, als ihnen zwei braunhäutige Jungs begegneten. Die vier Freunde
stellten sich auf die Seite, um die beiden am
schmalen Weg vorbeizulassen. Die zwei Jungs
betrachteten die Touristen mit grossen Augen.
Erst sagte der eine etwas auf Rumänisch und
als er merkte, dass die vier Wanderer nichts
verstehen, sagte er auf Ungarisch:

«Ey, ich hoffe ihr habt nichts von dem Wasser getrunken?», fragte er.

«Wieso, war das kein Trinkwasser?», fragte
Till verunsichert zurück.

«Doch, doch», antwortete der Junge zögerlich, als würde er somit das Gespräch beenden
wollen. «Die werden es schon merken», sagte
er etwas bedenklich zu seinem Kumpel.

Till hatte das mitbekommen und besorgt
nachgehakt:

«Wieso, was ist jetzt mit dem Wasser?»

Der Junge drehte sich um, kratzte sich am
Kopf und sagte dann schließlich:

«Na gut, ich sage es euch, ihr seht anständig aus. Es ist eben Heilwasser. Gesunde Menschen bekommen davon üble Bauchkrämpfe und Durchfall.»

Till erklärte den anderen, was die Jungs gesagt haben. Nina sagte wütend, dass sie es geahnt hatte und schon spürte sie, wie ihr Bauch komisch wurde.

«Vielleicht schaffen wir es bis ins nächste Dorf», sagte Phil.

Auch Sofie wollte etwas zu der ganzen Angelegenheit beitragen, doch der braunhäutige Junge unterbrach sie.

«Ich verstehe nicht was ihr gerade redet, aber es gibt da eine Lösung. Kostet aber ein wenig», sagte er.

«Was denn?», fragte Till etwas ungeduldig. Der junge zögerte ein wenig:

«Na gut, aber lacht mich nicht aus, wenn ich es euch erzähle.»

Till hätte die Wörter am liebsten mit der Zange aus dem Knaben gezogen.

«Erzähl schon, wir lachen dich schon nicht aus.»

«Also der Legende nach kommt dieses Wasser aus der Werkstatt der Zwerge, welche in diesem Berg wohnen. Weil der Schmiedemeister der Zwerge einen Auftrag verweigerte, wurde er von einer Fee verhext. Bauchkrämpfe sollten ihn an allen sieben Tagen der Woche quälen. Die Zwerge konnten den Fluch nicht abwenden, nur etwas mildern. So trägt das Wasser die Qualen des Schmiedemeisters ab. Damit es aber nicht so schlimm wird für die Menschen, haben die Zwerge dem Wasser Heilkräfte verliehen. Wenn jemand mit Blutarmut, Bauch- oder Rückenbeschwerden aus dem Wasser trinkt, so soll ihn das Wasser heilen. Gesunde Menschen sollen die Schmerzen des Schmiedemeisters am eigenen Leib erfahren.»

Der Junge beendete seine Erzählung.

«Danke, dass du uns die Legende erzählt hast», sagte Till, nachdem er alles seinen Freunden übersetzt hatte.

«Wir gehen dann aber mal weiter. Wird wohl hoffentlich nicht so schlimm sein.»

Der Junge zeigte sich daraufhin leicht beleidigt.

«Ihr müsst mir nicht glauben, aber ihr werdet es schon merken. Wenn ihr nicht wollt, dass
ich euch helfe…»

Till kam die Geschichte ein wenig seltsam
vor, doch Nina behauptete steif und fest, dass
sie gleich Bauchkrämpfe bekommt. Sofie war
sich ebenfalls unsicher, ob sie nur Hunger hat
oder ob sich langsam auch bei ihr die Wirkung
des Wassers zeigt.

«Gut, was müssen wir tun?», fragte Till die
zwei Jungs.

«Die Grossmutter meines Freundes hat die
richtige Medizin dafür. Es kostet aber eben 50
Lei.» sagte der Junge.

«50 Lei!? Ist das nicht ein wenig zu viel?»,
fragte Till zurück, obwohl er sich gar nicht
mehr so ganz im Klaren war, wie viel das um-
gerechnet ist.

«Viel? », reagierte der Junge etwas eingeschnappt «Die Heilpflanze gibt es nur ganz
oben am Bergfirst. Die arme Grossmutter meines Freundes sucht wochenlang danach. 50 Lei
sind eher zu wenig als zu viel.»

Die vier Freunde berieten sich und entschieden, dass es so viel Wert ist, wenn sie nur kein
Bauchweh bekommen.

«Na gut, dann bringt uns zu der Grossmutter deines Freundes», sagte Till zum Jungen.

«Das ist nicht nötig. Er rennt schnell zu ihr und kommt wieder mit der Medizin. Ihr müsst ihm nur das Geld geben. Bis ihr mit eurem Gepäck bei ihr seid, ist es zu spät. Er ist viel schneller. Ich bleibe so lange bei euch, bis er kommt», meinte der Junge.

Till und Phil haben sich beraten und glaubten, dass die zwei sie nicht betrügen wollen, doch die Tatsache, dass der Junge mit ihnen auf den anderen wartet, schien doch eine Sicherheit darzustellen.

«Gut, dann komm du mit uns zum See runter. Kann dein Freund dorthin kommen?», fragte Till, worauf der Junge erwidert:

«Der See ist nicht weit, aber ich bin sicher, mein Freund ist eher zurück, als wir dort ankommen würden. Er ist der schnellste Läufer in der Schule.»

Das Geld wanderte somit in die Hände des anderen Jungen. Der ungarisch sprechende Junge sagte ihm etwas, was keiner der Touristen verstand und schon war er weg. Die fünf haben sich in Richtung See aufgemacht. Nach wenigen Minuten begann der Junge zu schreien.

«Hier sind wir, da ist er schon!» rief er und begann heftig mit den Armen zu winken. «Oh nein, er rennt in die falsche Richtung. Ich glaube er hat uns nicht gesehen.»

Die anderen suchten mit ihren Blicken eifrig nach dem Läufer.

«Wartet, ich renne ihm schnell nach, ich komme gleich wieder», sagte nun der Junge und lief davon.

Die vier Gutgläubigen warteten rund zehn Minuten vergebens.

«Ich glaube, von so etwas hat uns mein Vater gewarnt. Wir wurden ausgetrickst! », sagte Till betrübt.

«Wie konnten wir nur so dumm sein?», schüttelte Phil seinen Kopf.

«Ich hätte nie gedacht, dass ich auf ein solches Märchen so reinfallen könnte. Aber irgendwie hatte es sich plötzlich so logisch angehört, nicht?», fragte Nina etwas verärgert.

«Mir kam es von Anfang an merkwürdig vor, aber da ihr gesagt habt, dass ihr wirklich Bauchweh habt…»

Till suchte nach Ausreden.

«Lass nur, mein Freund, du warst ebenso leichtgläubig wie wir alle», schloss Phil die Diskussion ab.

Mit dieser Aussage waren schliesslich alle einverstanden. Sofie war sich dennoch nicht sicher, ob sie nicht doch Bauchweh hatte. Sie nahm zur Sicherheit ein Stück Brot hervor und ihre Bauchschmerzen verschwanden auf wundersame Weise.

Nach ungefähr einer halben Stunde Fussmarsch gelangten die vier Touristen in ein Dorf. Vor den aus Lehm errichteten Häusern sassen ältere Frauen und Männer. Die Frauen trugen auch hier alle Kopftücher und die Männer trugen gräuliche oder dunkelblaue Kappen. Sie betrachteten die Touristen mit geweiteten Augen. Sie lächelten mit lückenhaften Gebissen und manche Männer hoben sogar den Hut zum Grusse. Die vier jungen Weltenbummler empfanden die Situation als peinlich. Sie wollten so schnell wie möglich aus dieser Ortschaft verschwinden. Da sie aber nicht genug zu Trinken hatten, wollten sie in der einzigen Kneipe vor Ort Wasser kaufen. Nina und Sofie warteten draussen auf ihren Rucksäcken sitzend, während die Till und Phil in die Kneipe hineingingen. Till ging als erster durch die Tür, dichter Zigarettenrauch und eine heftige Schnapsfahne empfing ihn. Neun ältere Herren sassen an einem runden Tisch und sahen die Ankömmlinge verwundert an. Einer der Männer stand auf und schwankte etwas betrunken zum Pult.

«Poftic?», sagte er auf Rumänisch, was so viel bedeutet wie «Bitte?»

Das haben die Vier auf ihrer Reise durch Transsylvanien bereits gelernt. Till hat seinen Wunsch auf Ungarisch geäussert, woraufhin der Wirt wieder zum runden Tisch zurückgekehrt ist. Er hatte sich hingesetzt und etwas in die Runde gesagt. Die Männer brachen in Gelächter aus. Phil blickte fragend zu Till, der nur mit den Schultern zuckte. Ehe er nochmals etwas gesagt hätte, drehte sich einer der Gäste zu ihnen um. Er drehte an seinem Schnurrbart zweimal, bevor er auf Ungarisch nachfragte:

«Was wünschen Sie?» Till war erleichtert, dass der Mann Ungarisch konnte.

«Wir möchten Wasser kaufen, weil wir am Wandern sind und nichts mehr zu trinken haben.»

Der Mann übersetze den Wunsch dem Wirt.
Dieser verschwand in der Kammer. Die acht
Männer am Tisch tuschelten und lachten laut
wobei sie immer wieder die zwei Touristen
musterten. Der Wirt kam aus der Kammer mit
zwei rostigen Wasserflaschen. Till reagierte sofort und sagte, dass sie solches Wasser hätten,
dieses ihnen aber nicht bekommt. Sie erzählten,
dass sie davon Bauchweh bekommen würden
und auch kurz, wie die zwei Jungs sie veräppelt
hatten. Der ungarisch sprechende Mann übersetzte alles den Männern. Sie lachten und begannen heftig zu diskutieren. Till verstand
nicht viel, nur dass es um einen Vasile und Juri
ging. Der Wirt brachte den Beiden zwei grosse
Flaschen Cola und notierte auf einen Zettel,
was das kostete. Till und Phil waren froh nun
doch etwas zu trinken bekommen zu haben und
diese Kneipe, sowie auch diese Ortschaft ver-
lassen zu können. Mit schnellen Schritten gingen die vier Touristen der Landstrasse entlang.
Die Dorfgrenze hatten sie bereits hinter sich gelassen, als ein Pferdewagen an ihnen vorbeizog.
Das Ross wieherte und der Kutscher pfiff laut.
Kurz darauf war ein lautes Poltern zu hören,
das Pferd, welches soeben noch den Wagen zog
galoppierte an Till und seinen Freunden vorbei.
Sie wunderten sich darüber. Wenige hundert

Meter weiter sahen sie dann den Wagen im Strassengraben liegen. Der Kutscher fluchte ununterbrochen und versuchte mit irgendwelchen Brettern den Wagen aus dem Graben zu heben.

«Sollen wir ihm helfen?», fragte Nina.

Die Truppe war nicht wirklich begeistert von der Idee, aber Nina hatte Mitleid mit dem Kutscher.

«Kommt schon, wir könnten auch in Schwierigkeiten geraten, dann wären wir doch auch froh um Hilfe.»

Alle gaben ihr Recht, dennoch eilten sie nicht, um an die Unfallstelle zu kommen. Der Kutscher sah sie erst, als sie direkt vor ihm standen. Er klagte auf Rumänisch und zeigte den jungen Leuten den Schaden an seinem Wagen. Erst beim genaueren Hinschauen bemerkten sie, dass noch jemand im Wagen war. Ein Mann schlief auf der Ladefläche. Er hatte sich wohl ins Koma gesoffen und auch der Kutscher selbst war nicht gerade nüchtern. Er hatte sich zwar sehr darum bemüht den Wagen aus dem Graben zu kriegen, doch seine Versuche waren eher schädlich als nützlich für das Ziel. Die vier Freunde gingen etwas bedachter vor. Die Jungs hoben den Wagen an, während sich die

Mädchen auf das andere Ende hingen und daran zogen. So gelang es ihnen den Wagen aus dem Graben zu heben... Der Mann bedankte sich mehrfach, sagte etwas und rannte dann kurz weg. Erst in dem Moment wurde Till bewusst, dass ihm der Mann bekannt vorkam. «Er war sicherlich auch in der Kneipe vorhin», dachte sich Till. Mit dem Pferd am Zügel rannte der Mann auf sie zu. Er erklärte, dass er die Vier gerne ein Stück mitnimmt, wenn sie wollten. Sie zögerten ein wenig, da sie keine Lust hatten im nächsten Graben zu landen, andererseits waren sie müde und gerne wieder ein wenig in der Zivilisation. Till zeigte dem Mann auf der Karte die nächste grössere Ortschaft und bat den Mann darum, sie dort am Bahnhof abzusetzen.

Die Räder wirbelten den Staub von der Strasse hoch. Die Strasse war holprig, der Wagen rüttelte die Passagiere heftig durch.

«Hoho», rief der Kutscher und das Pferd blieb stehen. Der Matt pfiff laut und ein junger Bursche kam aus einem Haus gerannt. «Vasile», rief der Mann und sagte ihm noch etwas, was seine Fahrgäste nicht verstanden. Zu ihrer Überraschung erkannten sie in dem Jungen denjenigen, der sie so veräppelt hatte. Bei der

Quelle schien der Junge sehr selbstsicher zu sein, jetzt hingegen wirkte er schüchtern. Mit gesenktem Blick nahm er die fünfzig Lei in die Hand, welche er den Freunden abgeknüpft hatte. Auf die Anforderung seines Vaters wollte er das Geld den Touristen zurückgeben. Till nahm die Note, doch Sofies Hand schob seine Hand zum Jungen zurück.

«Schau, wie arm sie sind. Sie können das Geld viel mehr gebrauchen als wir.» Sofies Freunde nickten ihr zu ihrem Einverständnis zu.

«Du hast uns reingelegt und somit den Fünfziger verdient», sagte Till zum ungarisch sprechenden Jungen, der das Geld dankend wieder wegsteckte.

Der Vater nahm eine Schnapsflasche hervor, zog daran und sagte grob etwas zum Jungen. Der Junge erklärte dem Vater offensichtlich, dass er das Geld nicht zurückgeben müsse. Der Kutscher gab dem Pferd das Zeichen und der Wagen rollte weiter. Die Reise bis zum nächsten Bahnhof war lange und anstrengend. Angekommen, überreichte der Kutscher ihnen die angefangene Schnapsflasche unter dem Motto

«Die kann noch nützlich sein.»

Er schnalzte mit der Zunge und verschwand in einer Staubwolke.

Es war schon dunkel, als die Vier am Bahnhof ankamen. Sie hatten Glück, denn sie mussten nur eine Stunde auf den nächsten Zug nach Kronstadt warten. Die Freude darüber, endlich wieder in die Zivilisation zu gelangen, war so gross, dass die jungen Touristen vergessen haben, eine Fahrkarte zu kaufen. Sie realisierten das Versäumnis erst, als der Schaffner sich näherte.

«Ohjee, wir haben keine Fahrkarte. Was machen wir jetzt?», fragte Nina.

«Wie konnten wir nur so blöd sein», sagte Till selbstkritisch.

Phil hatte eine glänzende Idee. Zum Glück war der Wagon sehr voll, somit hatten die vier Freunde Zeit sich zu beraten. Plötzlich sprang Sofie auf und ging auf den Kontrolleur zu. Till ging in die andere Richtung. Nina und Phil blieben sitzen. Der Kontrolleur dachte, dass Sofie auf die Toilette geht und hielt sie nicht auf. Als der Schaffner zu Nina und Phil kam, fingen die beiden an auf Deutsch zu plappern. Sie zeigten in verschiedene Richtungen und behaupteten, dass ihre Freunde die Tickets haben.

Der Kontrolleur sagte, er würde später wieder-
kommen und ging weiter. Als er Till später be-
gegnete, behauptete er, dass seine Freunde
seine Fahrkarte bereits gezeigt hätten. Der Kontrolleur schien verunsichert zu sein. Die Vier
wechselten ständig ihre Plätze und jedes Mal,
wenn der Schaffner nach den Tickets fragte,
behaupteten sie, dass sie es vorher am anderen
Platz gezeigt hätten. Irgendwann wusste der
arme Mann nicht mehr, ob er die Fahrkarten
gesehen hatte oder nicht und nach einer Weile
fragte er gar nicht mehr nach.

Der Zug kam am späten Abend in Kronstadt
an. Der Bahnhof wirkte ruhig, aber irgendwie
belastend. Die Fahrplantafel drehte sich ununterbrochen und seltsame Gestalten verweilten
im Wartesaal. Als die vier Wandervögel den
Wartesaal verliessen, wurden sie auf einen ver-
wunderlichen Geruch aufmerksam. Man konnte
nicht genau sagen, was diesen Gestank verur-
sacht hatte. Es roch nach einem Gemisch aus
verbranntem Gummi, alten Zügen, Benzin und
moderndem Abfall. Gegenüber vom Bahnhof
standen Taxis in einer Reihe.

«Am besten wäre es, wenn wir mit einem
Taxi in ein Hotel fahren würden», schlug Till
vor.

«Oh ja, ich freue mich schon auf eine warme Dusche», sagte Sofie euphorisch und Nina war ganz ihrer Meinung.

Die Taxireihe war voll mit modernen und teuren Luxusautos. Nur ein Auto tanzte etwas aus der Reihe. Es war ein älterer Dacia. «Nehmen wir den, der wird sicher nicht so teuer sein wie die anderen», entschied Phil. Er hatte leider Unrecht. In Deutschland hätte eine ähnlich lange Strecke auch nicht mehr gekostet. Lustigerweise kosteten ähnlich lange Fahrten in den nächsten Tagen immer weniger. In Kronstadt ist das eine interessante Sache, denn die erste Fahrt vom Bahnhof irgendwohin ist immer am teuersten. Als würden die Taxifahrer die Neuankömmlinge jeweils erkennen.

Das Hotel lag in der Innenstadt. Das schmucke Haus versprach Luxus. Die Realität sah dann etwas bescheidener aus, denn das Hotel war einfach. Die Einrichtung hatte weder Stil, noch war das Gebäude in einem guten Zustand. Aus den Matratzen ragten Federn raus, doch in der ersten Nacht bemerkten die vier müden Wanderer nichts davon. Nach den vielen Nächten im Zelt fühlten sich ein Bett mit Kissen und Decke, sowie eine warme Dusche erlösend und himmlisch an.

Es war schon fast Mittag bis die vier Freunde bereit waren, um die Stadt zu erkunden. Es war ein warmer Sommertag. Die Menschen in der Stadt waren modisch gekleidet. Sie schlenderten und blieben ab und zu vor einem Schaufenster stehen. Nina gefiel das Stadtbild mit den bunten, verzierten, im sächsischen Stil erbauten Häusern, sowie die mit Pflasterstein belegten Strassen. Sofie war von den Strassenverkäufern angetan, welche kleine Kunstgegenstände und selbstgemalte Bilder zum Kauf feilboten. Ein immer wieder auftauchendes Sujet von einer hübschen Burg gefiel Phil besonders gut.

«Wow, das ist aber eine hübsche Hütte», sagte er.

«Das ist Schloss Bran, das sogenannte Dracula Schloss», erwiderte der Verkäufer auf Deutsch.

Phil war froh darüber, dass er ohne Tills Hilfe mit jemandem kommunizieren konnte, deshalb hat er mit dem Verkäufer angefangen zu plaudern. Er wollte wissen, wie man zum Schloss gelangen könnte. Der Verkäufer erzählte es ihm mit grosser Freude. Auf diese Weise erfuhr Phil viel Interessantes über das

Schloss. Vieles davon hatte auch schon der alte Ludwig im Zug erzählt. Somit erfuhr Phil auch gleich einiges über den Verkäufer selbst. Er erzählte, dass er Siebenbürger Sachse sei, heutzutage aber nicht mehr wisse, wer Sachse, wer Rumäne und wer Ungare sei.

«Es ist nicht gut so, aber so ist es halt. Es könnte auch schlimmer sein», sagte er mit einem müden Lächeln im Gesicht.

«Till, komm schnell! Was will dieses Kind von mir?», rief Nina laut.

Ein blondes, kleines Mädchen mit bräunlicher Haut schlenderte um Nina herum. Sie hielt sich an ihrem Arm fest, streichelte diesen und murmelte irgendwelche flehende Worte. Als der Bildverkäufer das sah, rief er dem Mädchen zu:

«Du-te la dracu!»

Daraufhin liess das Mädchen Ninas Arm los und lief im Rückwärtsschritt davon, während sie vor sich hin fluchte.

«Was war das?», fragte Till den Verkäufer.

«Man darf ihnen nichts geben. Diese Bettlerkinder werden von organisierten Verbrechern zum Betteln geschickt. Wenn sie etwas bekommen, dann wird ihnen das wieder weggenommen. Wenn sie nichts mitbringen, bekommen sie Schläge», erklärte der Mann. «Sie tun einem Leid, aber man darf diese Schweine nicht unterstützen.»

fragten den Mann, was er ihr gesagt habe, damit sie davonlief. Er erklärte, dass sich die Zigeuner, welche diese Kinder ausnutzten, vorm Teufel fürchten. Sagt man ihnen, sie sollen zur Hölle fahren, so flüchten sie fluchend. Phil fand die Sache sehr spannend. Er wiederholte den Spruch immer wieder, damit er es nicht vergass. Von da an sagten sie immer «Du-te la dracu!», sobald sich ein Bettlerkind näherte. Der Satz wirkte jedes Mal wie ein Zauberspruch.

Die vier Freunde haben in Kronstadt viel Schönes gesehen. Sie haben die schwarze Kirche besucht, die Mädchen haben viel eingekauft und die Jungs genossen das Ambiente in den gemütlichen Biergärten.

Am nächsten Tag stand Bran, das berühmte Schloss Draculas, auf dem Plan. Um dorthin zu gelangen, mussten sie einen Bus nehmen. Die Bushaltestelle für den Fernverkehr lag ausserhalb der Stadt. Hier ragten die grauen

Hochhäuser trist in die Höhe. Die Luft war stickig und voller Abgase. Der Bus war überfüllt. Für die Entfernung von ungefähr dreissig Kilometern brauchte der Bus über eineinhalb Stunden. Als die Vier die Burg erblickten, waren sie aber zufrieden. Sie waren überzeugt, dass sich die Strapazen gelohnt hatten. Auch hier war ein grosser Markt mit vielen kleinen Souvenirläden. Nina hatte die Aussteller schon im Visier, doch ihre Freunde hakten sich bei ihr ein und geleiteten sie zum Schlosseingang. Der Weg führte durch den Schlosspark steil hinauf. Sofie war vom Anblick der Burg begeistert. Sie betrachtete jedes Gebüsch genauestens. Sie stellte sich vor, wie es wohl zu Draculas Zeiten gewesen sein mag. Wie die Kutsche damals den Weg hinauffuhr, wie Dracula den Felsen herunterkletterte und wo die Zigeuner wohl waren, als sie den Sarg abholten. Natürlich wusste Sofie, dass es sich nur um eine Geschichte handelte. Jetzt wo sie sich am Schauplatz des Romans wiederfand, spürte sie eine mystische Energie.

«Dass wir auch hier noch wandern werden, hat mit keiner gesagt», reklamierte Nina.

Die Jungs haben das Tempo etwas angepasst und auf Nina gewartet. Als sie die unteren

Mauern des Schlosses erreichten, bemerkten die vier Freunde einen alten Grabstein. Till erstarrte und zweifelte an seinem Verstand.

«Halluziniere ich jetzt? Aber nein, er sieht so real aus.»

Er erblickte den Mann aus seinem Traum, der Mann, der aussah wie sein Vater aus einer anderen Zeit. Als Till sich neben dem Grabstein hinstellte, sah er den Mann aus dem Augenwinkel hinter sich. Till drehte sich um, doch der Mann verschwand. Später sah er ihn wieder in der Menge vor der Treppe verschwinden.

«Was ist das für eine Schrift? Russisch?», fragte Phil.

Till hörte die Frage seines Freundes nicht. Er suchte mit seinem Blick nach dem Mann, konnte ihn aber nicht mehr finden.

«Hallo, ist jemand zu Hause?», klopfte Phil an Tills Stirn.

«Das sind ungarische Runen», sagte Till, ohne nochmals einen Blick auf den Grabstein zu werfen.

Er eilte zum Eingang und wollte den Mann suchen. Die anderen fanden sein Benehmen komisch, gingen ihm aber hinterher. Sofie musste

rennen, um ihren Freund einzuholen. Sie fragte
nichts, folgte ihm voller Spannung. Phil durch-
forstete die Räume im Schloss voller Neugier.
Nina fotografierte fast alles. Die grotesken,
schwarzen, geschnitzten Möbel gefielen ihr besonders. Sie überlegte sich, ob sie zu Hause so
etwas machen lassen könnte. Natürlich erst,
wenn sie eine eigene Wohnung hatte und gut
verdiente. Sofie war von der Einrichtung der
Burg etwas enttäuscht. Manche Sachen wie die
schwarzen Möbel waren passend, es war aber
auch sehr viel Kitsch vorhanden. Sofie hatte
viele Bücher über Handwerkskünste gelesen
und erkannte sofort, dass die Gegenstände aus
verschiedenen Kulturen und Epochen waren.
Offensichtlich hat man dies und jenes von
überallher zusammengetragen. Somit verlor das
Schloss das authentische Bild für Sofie. Sie
konnte sich das Schloss nicht mehr als Draculas Schloss vorstellen. Daran war aber nicht nur
die Einrichtung Schuld. Tills Benehmen hatte
sie vielmehr irritiert. Er rannte durch die
Räume, als würde er etwas suchen und nicht
finden. Er blieb schliesslich vor einer Vitrine
mit Porzellankrügen stehen. Noch nie hat ihn
so etwas interessiert und wäre er nicht so verwirrt gewesen, wäre er nie vor dieser Vitrine

stehen geblieben. Nun hat ihn dieser Anblick aber irgendwie beruhigt.

«Schau mal so eine Vase habt ihr doch auch», sagte Sofie zu ihrem Freund.

Tatsächlich hatten Tills Eltern eine ähnliche Vase. Seine Mutter ging immer sehr vorsichtig damit um, nahm diese nur zum Geburtstag von Peter hervor. In solchen Momenten betrachtete Tills Vater die Vase sehr melancholisch. Als Till noch ein Kind war, hatte er einen Ball auf die Vase geworfen und der Henkel war abgebrochen. Peter war sehr traurig deswegen. Bis zum heutigen Tag hatte Till ein schlechtes Gewissen, wenn er den angeleimten Henkel sah. Jetzt wirkte sich der Anblick dieser Vase aus Korond beruhigend und wehmütig zugleich auf ihn aus. Was war das für ein Gefühl? Heimweh? Ja aber nicht Heimweh nach Hause. Er wollte seine Wurzeln besser kennenlernen. Aber tat er das nicht schon mit dieser Reise durch Siebenbürgen?

«Eine solche habt ihr, nicht wahr?», fragte Sofie nochmals nach. «Aus Korond, wo Peter geboren ist, nicht?»

«Wie aufmerksam Sofie doch war.», dachte sich Till und wusste es zu schätzen.

Er war sich im Klaren darüber, dass er sich in der letzten Zeit oft komisch benommen hatte. Er hatte sie vernachlässigt und trotzdem versuchte sie ihn immer aufzumuntern.

«Nein, er ist nicht direkt in Korond aber in der Nähe davon, in Niedersalzdorf, geboren», korrigierte Till seine Freundin und gab ihr einen Kuss auf den Mund.

Sie stöberten noch gemütlich durch die verbleibenden Räume, durch den Hof, begutachteten die alten Häuser am Fusse des Schlosses. Danach durfte sich Nina endlich auf den Markt stürzen. Jeder zweite Aussteller verkaufte die gleiche Ware. Holzteller mit Brandmalerei, Bleistifte, Holzlöffel, Postkarten und T-Shirts mit den Bildern von Vlad Tepes alias Dracula.

Obwohl fast jeder Händler das gleiche Angebot hatte, kaufte fast bei jedem Händler einer der Vier ein Souvenir. Mit Plastiksäckchen bepackt und mit guter Laune machten sie sich auf den Weg zurück zur Bushaltestelle. Als sie die auf den Bus wartende Menge sahen, wurde ihre Stimmung getrübt. Auf der gegenüberliegenden Strassenseite stieg gerade ein Taxifahrer aus seinem Gefährt und grinste die Touristen fragend an. Weder der Mann noch das Auto sahen vertrauenserweckend aus, doch trotzdem fiel die Entscheidung der Freunde schnell und sie fuhren mit dem Taxi zurück. Das alte Auto rüttelte auf dem gesamten Weg, die Reifen quietschten bei jeder Kurve, doch anstatt in einer Stunde, wie mit dem Bus, kamen die Touristen nach zwanzig Minuten in Kronstadt an.

Von den Strapazen ermüdet lagen die vier Freunde auf ihren Betten im Hotel.

«Was machen wir morgen?», fragte Phil.

«Nach Hause fahren», antwortete Sofie etwas wehmütig.

Erst jetzt wurde es allen bewusst, dass sich ihr Urlaub dem Ende neigte. Sie fuhren zum Bahnhof, um die Platzreservation für den Nachtzug zu tätigen. Till ging an den Schalter, während seine Freunde sich mit den Bettlerkindern herumschlugen.

«Du-te la dracu!», sagten sie immer wieder und der Zauberspruch verfehlte seine Wirkung nicht ein einziges Mal.

Dummerweise kamen aber immer neue Bettler, als hätten sie irgendwo am Bahnhof ihr Nest.

«Wie wäre es, wenn wir heute mal ausgehen würden? Mich nimmt es Wunder, wie die Leute hier so feiern», schlug Phil vor.

Seine Freunde waren allesamt mit der Idee einverstanden.

«Super. Ein bisschen Musik wird uns guttun. Ich glaube, ich habe vergessen, wie man tanzt», sagte Nina.

Die letzte Aussage war natürlich stark übertrieben, denn Nina hatte ein besonderes Talent, wenn es ums Tanzen ging. Sie hatte schon als Kind Ballett getanzt, war immer in irgendwelchen Tanzgruppen engagiert und bot an jeder Party eine richtige kleine Tanzshow.

Nachts um elf machten sich die Vier auf, um Kronstadts Nachtleben zu erkunden. Die Jungs hatten bereits im Hotel vier Bier heruntergeleert, während die Mädchen sich geschminkt und in Minirock und Highheels geschmissen hatten. Zuerst suchten sie nach einem Club in der Innenstadt, doch ausser Bars und Pubs fanden sie nichts. Die Jungs hätten sich damit begnügt, aber die Mädchen wollten unbedingt tanzen gehen. So nahm Sofie die Sache schliesslich in die Hand. Sie fragte einen jungen Passanten:

«Diskothek?»

Er verstand ihre Frage und wechselte gleich auf Englisch. Er erklärte ihr in welche Strasse sie gehen sollten und, dass sie dort einen Club namens TamTam finden würden.

Tatsächlich fanden sie den Club an der beschriebenen Stelle. Voller Freude steuerten die Mädchen auf das mit Leuchtschrift beschriftete Lokal zu. Enttäuscht blieben sie vor der offenen Türe stehen. Das Lokal hatte kenerlei Ambiente und die Musik hörte sich an wie die Grundmelodie von einem Synthesizer. Das Schlimmste war jedoch, dass der Club absolut leer war. Die Vier wollten deshalb gleich wieder gehen, als der Clubbesitzer auf sie zueilte.

«Buna seara! Poftiti!», sagte er freundlich und lud mit einer Handbewegung die Mädchen dazu ein einzutreten.

Schon etwas angetrunken empfanden die Jungs den Ort weniger abstossend als die Mädchen. Sie spazierten entspannt herein und nahmen Platz in der Lounge. Sofie und Nina wären am liebsten wieder gegangen, doch die Gastfreundschaft des Besitzers liess es nicht zu. Er brachte den Vieren je ein Glas Prosecco und fragte nach den Namen der vier jungen Touristen. Er stellte sich selbst als Mic vor. Phil liess sich nicht zweimal bitten, er leerte sein Glas schnell und wollte sich sogar Ninas Glas aneignen, hätte sie ihm nicht auf die Finger gehauen. Schliesslich musste sie sich auch etwas Laune antrinken. Mic zeigte seine CD-Sammlung. Er wollte wissen, welche Musik seine einzigen Gäste hören möchten. Die Auswahl war nicht gross, doch Sofie und Nina fanden einige alte Lieder, welche sie als Kinder gerne hörten. Nun war Nina motiviert und legte eine ihrer Choreografien aufs Parkett. Sofie machte ihr alles nach. Irgendwann zwangen die Mädchen auch die Jungs dazu mitzumachen. Die einzigen Gäste des TamTam Clubs amüsierten sich bestens und Mic machte trotz der wenigen Gäste einen guten Umsatz.

Am nächsten Abend war es dann so weit, die Heimreise stand den vier Freunden bevor. Ihre Rucksäcke waren schwerer als bei der Anreise. Sie hatten nach der Partynacht lange geschlafen, doch den Nachmittag hatten sie für diverse Einkäufe genutzt. Die Mädchen haben noch einige Mitbringsel und Schnäppchen gekauft. Wehmütig bemerkten Tills Freunde immer wieder, wie schade es sei, dass die Ferien schon vorbei seien. Fast zwei Wochen waren die vier

Jugendlichen unterwegs und sie hatten viel erlebt. Ein wenig Heimweh hatten sie auch schon, weshalb sie dann doch auch froh waren, nach Hause zu fahren. Nina fürchtete die Ungewissheit. Zu Hause sollte sie nun erfahren, ob sie nach den Sommerferien an der Fachhochschule studieren kann. Phil wusste, was ihn erwarten wird. Er würde schon in zwei Wochen in der Firma seines Onkels als auszubildender Mechaniker anfangen. Er hatte dort schon öfters ausgeholfen in seinen Ferien. Sofie hatte viele Träume. Sie war überzeugt, dass sie zu etwas Grösserem berufen war. Sie wollte sich von ihrem Schicksal führen lassen. Till hingegen beschäftigte sich nicht mit seiner Zukunft. Er hatte bereits eine Entscheidung getroffen.

Er gab seiner Freundin einen Kuss auf den Mund und reichte ihr einen Brief.

«Gib das bitte meinen Eltern.»

Sofie blickte ihn fragend an.

«Ich bleibe noch», sagte er entschlossen, während die anderen schon in den Zug gestiegen waren.

Sie dachten zuerst, Till würde scherzen. Die anderen konnten seine Entscheidung nicht verstehen, aber Sofie war die Einzige, die begriffen hatte, dass Till sich von seinem Herzen leiten liess.

«Ich muss nach Hause, meine Wurzeln kennen lernen. Ich muss noch bleiben», sagte Till, bevor er Sofie noch ein letztes Mal küsste.

Er drehte sich um und ging.

«Wann kommst du nach Hause?», rief ihm Sofie hinterher, doch die Antwort konnte sie nicht mehr hören, da er sehr leise antwortete und der Zug mit einem lauten Pfeifen losfuhr.

Sofie, Nina und Phil diskutierten eine Weile über Tills Entscheidung. Ob er wusste, was er tat?
Was erwartete er von seinem weiteren Aufenthalt in Siebenbürgen? Die Antwort darauf wusste nicht mal Till selbst. Aber eine grössere Macht steuerte ihn.